extra

Il logo “Extra” è ideato da Yoshihito Furuya

Testi: Luigi Ballerini
Illustrazione e progetto di copertina: Mirco Brizi

www.giunti.it

Via Bolognese 165 - 50139 Firenze - Italia
Via Dante 4 - 20121 Milano - Italia

Prima edizione: giugno 2012

Ristampa	Anno
6 5 4 3 2 1 0	2016 2015 2014 2013 2012

PEFC
PEFC/18-31-356

Certificato PEFC

Questo prodotto è realizzato con materia prima da foreste gestite in maniera sostenibile e da fonti controllate

www.pefc.it

Stampato presso Giunti Industrie Grafiche S.p.A.
Stabilimento di Prato, azienda certificata PEFC™

Luigi Ballerini

Non chiamarmi Cina!

GIUNTI

Ross,

Ho pensato a lungo se lasciarti il mio taccuino. Un po' perché mi vergogno (non ti ho mai detto che ne avevo uno: si sa, i ragazzi non scrivono diari) e un po' perché lo capirai da sola, se lo vorrai leggere.

Questa notte non sono riuscito a chiudere occhio: non solo per questo (glielo lascio o me lo tengo?), ma soprattutto per la partenza. Me ne sto andando. Lontano da te. Dopo tutto quello che è successo. Forse, dovrei dire, per quello che è successo. Fra noi.

Poi ho deciso di lasciartelo, il taccuino. Me ne separo con dispiacere, te lo confesso.

Se fossi stato più tecnologico e avessi scritto al computer adesso potrei averne tutte le copie che voglio. Però mi piace scrivere sulla carta e ho portato il taccuino sempre con me, per annotare ciò che succedeva.

Sembra un po' paranoico, ma fissare subito quello che sentivo me lo faceva assaporare più a lungo. D'altra parte mi pareva così speciale (a volte splendido, a volte assurdo, a volte davvero insopportabile) che dovevo buttarlo giù quasi in tempo reale.

Spero che tu ne abbia cura: è una copia unica!

Ho deciso di lasciartelo perché io lo conosco, è mio. Anzi, ormai è parte di me.

A te invece potrebbe raccontare qualcosa di me che forse ho tenuto nascosto, che non ho voluto farti capire. O che non sono stato capace di farti capire.

Non ho il coraggio di dartelo di persona (te l'ho detto, in fondo me ne vergogno), per questo lo metterò qui, nel nostro posto segreto.

È prestissimo, il parco è appena stato aperto dai custodi e nessuno se ne accorgerà. E io sono seduto su una panchina, come uno scemo, a scrivere questa lettera di getto e a chiedermi se davvero lo troverai...

Non posso nemmeno esserne sicuro, ma credo che questo albero sia diventato speciale per noi e spero che ci tornerai presto. Come hai fatto tante altre volte, quando dovevi capire meglio cosa stava succedendo a te e a noi. Quindi lo affido a lui.

Non ho ancora rinunciato a te, lo sai benissimo. Sì, lo so, avrei potuto cercarti per un ultimo saluto di persona. Perdonami, ma preferisco non vederti, perché temo che mi farebbe male.

O meglio vorrei rivederti, sì, quanto lo vorrei! E stringerti a me. Ma per un nuovo inizio. Magari al mio ritorno, se saprai e vorrai aspettarmi e se avrai cambiato idea. O anche se solo ti sarai chiarita un po'.

Puoi fare quello che vuoi di questo taccuino, ma sappi che qui dentro ci siamo noi. O forse quel "noi" che ho creduto di aver visto io.

A presto, lo spero con tutto me stesso.

Toto

QUESTO QUADERNO È DI

Toto

Martedì sera

«Oops scusa!» le ho detto stamattina e sono stupidamente arrossito. Non so neanch'io perché, non so che mi è preso. Non sono uno che diventa rosso per niente, di solito.

Eppure lei non ha detto una parola quando, entrando di corsa in metropolitana, l'ho urtata con la spalla e tutti i libri che aveva sottobraccio le sono caduti per terra. Avrebbe potuto imprecare o lanciarmi almeno un'occhiataccia di rimprovero e invece mi ha ignorato, come se le fosse successo tutto da sola, come se i libri le fossero scivolati di mano. Anzi, come se io fossi stato un'improvvisa folata di vento, ugualmente invisibile.

Mentre si è chinata a raccoglierli mi è sembrato di scorgere un sorriso dolce, tenero. Di quelli che ricorderesti per una vita, se solo l'avesse diretto a te e non al pavimento della metro. Poi si è scostata delicatamente un ciuffo di capelli dalla fronte, rimanendo china, come un po' pensierosa o preoccupata di qualcosa.

Quel sorriso proprio non riesco a dimenticarlo. Per un attimo le si sono illuminati gli occhi, sottili e neri, esattamente come i suoi capelli raccolti in una coda.

Man mano che ci allontanavamo dalle zone del centro, la carrozza si è svuotata e si sono liberati un sacco di posti. Lei a un certo punto si è seduta, lasciandosi cadere, come fa chi è stanchissimo e non ce la fa più; io mi sono messo apposta nella fila di sedili davanti, ho steso lunghe le gambe e ho iniziato a fissarla. Mi sarebbe piaciuto che avesse contraccambiato lo sguardo dandomi un cenno d'intesa, invece si è limitata ad appoggiare la testa contro la parete gialla e ha chiuso gli occhi. Li riapriva solo le volte in cui il treno rallentava, forse per controllare la fermata, o sbirciare chi entrava e usciva dalle porte. Io, intanto, stavo già girando il mio film dove ovviamente eravamo insieme e stavamo un gran bene: una coppia assolutamente perfetta.

Strano, di solito non mi succede; anzi, lo sanno tutti che in questo genere di cose sono timido un casino. Così tanto, da non accorgermi neanche quando sono le ragazze a puntarmi.

Lo capisco solo se me lo viene a dire qualcuno e, di solito, a quel punto è troppo tardi. A essere sinceri, poi, non è nemmeno così facile che io perda la testa per qualcuna!

Almeno fino a ora.

A proposito di perdere... ero talmente preso dai miei pensieri che ho perso la mia fermata.

E anche di un bel po'.

Ecco che subito mi risuona nelle orecchie la vocina della prof di latino che mi fa la predica per il megaritardo: dalla stazione in cui mi trovavo, a quel punto, non sarei arrivato a casa sua prima delle tre!

Che palle! Già non mi piace andare a ripetizione e preferirei mille volte starmene a casa, ma dovermi pure sorbire un predicozzo era proprio il minimo della vita. Se non fosse che anche quest'anno rischio latino, eviterei proprio di andarci. Soprattutto perché col latino io sono convinto sia ormai una partita persa: forse dovrei farmene una ragione. Vado bene in tutto tranne che in quello, ci sarà pure un motivo no? Chiaro che è colpa sua, non mia!

Così a quel punto mi sono fiondato giù alla prima fermata possibile, tanto quella tipa continuava a dormire. Era evidente che non mi aveva filato neanche di striscio e che per lei ero stato interessante come un sedile vuoto.

Fortuna che sono allenato: ho fatto una gran corsa su per le scale e sono riuscito a prendere al volo il treno che arrivava in direzione opposta.

Giusto in tempo per arrivare a ripetizione con solo quaranta minuti di ritardo. E una strana sensazione addosso, come di un'occasione mancata. Ma che mi sono messo in testa?

Fiuuu, per questa volta la prof non ha avvisato mia madre!

«Ti sei giocato il tuo bonus-ritardo! Stavolta passi, la prossima chiamo casa. Siamo d'accordo?»

Incredibile, mi ha graziato! Forse non è così una strega come credevo.

Se non altro, posso dire che oggi non è andato tutto storto.

Mercoledì

Sono uscito alla sesta, praticamente strisciando sul pavimento. Stamattina il tempo in classe non passava mai: o le ore erano fatte di duecento minuti l'una o i prof spiegavano alla moviola, *tertium non datur!*

Questa citazione (che mi fa sentire un genio!) me l'ha insegnata ieri la prof di latino e penso che me la giocherò al momento opportuno...

Sulla metro, l'ho cercata con lo sguardo in mezzo alla folla di studenti che riempiva il vagone, ovviamente facendo finta di niente. Non volevo dare troppo nell'occhio: già mi sentivo un idiota da solo, non avevo nessuna intenzione di farmi beccare anche dagli amici con cui ero. Stupido, eh?

Che sfiga, però. C'era così tanta gente che non sono riuscito a vedere bene, ma sono quasi sicuro che lei non ci fosse. E in effetti: quante possibilità avevo di incontrarla di nuovo in una città così grande? Meno che vincere al superenalotto!

Una volta al Duomo, proprio quando la metro si sarebbe svuotata un pochino e il mio lavoro di perlustrazione sarebbe stato mille volte più facile, sono stato costretto a scendere anch'io con tutti gli altri.

«Prima ci spariamo un Big Mac poi cerchiamo le scarpe». Il programma era chiaro e fuori discussione: quando Andre si fissa su qualcosa non lo smuove più nessuno. Ieri ha visto sulla *Gazzetta* la pubblicità di un paio di scarpe viola e si è messo in testa che deve assolutamente averle. Peccato che non avevamo la più pallida idea di dove le vendessero. Anzi non sapevamo neanche il nome della marca (non se la ricordava il pirla, grrr!). Così abbiamo prima provato in tutti i negozi di via Torino, uno per uno, ma niente da fare. Andre si è sforzato di fare una dettagliatissima e confusissima descrizione alla commessa di un negozio, ma dopo aver tirato fuori cinque o sei paia diverse, lei si è spazientita e ci ha quasi cacciato fuori dal negozio. Peccato: era anche stracarina! Mentre Andre era intento a fare la sua figura di palta, io e Cecio siamo rimasti dietro incantati a fissarla come due idioti, lei deve averci notato perché ogni tanto ci lanciava dei sorrisini... Uno a zero per noi.

Ma dico io, con tutte le scarpe che ci sono nei negozi, proprio con le più misteriose doveva fissarsi Andre?

MERCOLEDÌ – SERA

Eppure continuo a chiedermi perché, con tutte le migliaia di ragazze che incontro sulla metro ogni giorno, mi ha così colpito proprio la tipa di ieri... Cavolo, ci penso ancora! E ancora, e ancora, e ancora. Tanto che stasera mi ritrovo a scriverne qui, e il solo ricordarla mi fa stupidamente venire una specie di crampo alla pancia, lo stesso che mi prende prima di scendere in campo per una partita importante.

Giovedì

Gli allenamenti stanno andando alla grande, a parte un po' di pubalgia che mi infastidisce quando corro e faccio certi movimenti laterali con la gamba destra. È iniziata lentamente qualche settimana fa, ma adesso sta aumentando, soprattutto sotto sforzo. Cerco di tenere duro anche se il fisioterapista della squadra mi avrebbe consigliato di fermarmi per un po' (qualche settimana! E ha il coraggio di chiamarlo *un po'*?). Il Mister però ha deciso di mandarmi di nascosto da un altro medico, una specie di superspecialista che cura anche i calciatori professionisti e sembra faccia miracoli. Mi fa proprio impressione che mi abbia preso così a cuore! Anche lui non vorrebbe che smettessi di allenarmi e di giocare proprio adesso. Siamo già nella metà alta della classifica; non è detto che vinceremo il girone, però se continuiamo così ci piazziamo sicuramente bene.

Con la scuola è un bel casino: tre allenamenti alla settimana (più la partita nel fine settimana!) e il latino non sembrano andare molto d'accordo. A me però piace troppo, non mollerei il calcio per nulla al mondo. Se non mi sentissi un idiota a confessare che darei la vita pur di poter diventare un professionista lo griderei a tutto il mondo. Per il momento è più prudente non dirlo a nessuno e tenerlo per me. Meglio non diventare ridicoli e risparmiarsi figuracce. Chiamiamolo un sogno nel cassetto, come si dice, anche se questa espressione mi è sempre sembrata tremendamente stupida. Chiuso dentro un cassetto io non voglio tenerci niente di me, soprattutto i miei desideri; semmai ci tengo questo taccuino segreto, dove posso raccontare ciò che sento in tutta libertà, senza aver paura del giudizio degli altri. Dove (forse) riesco a chiarirmi le idee, sebbene non sia un'impresa sempre facile. Ho iniziato a buttar giù qualche parola d'impulso, la sera che ho incontrato per caso sulla metro una certa ragazza strana, che non riesco a dimenticare. Adesso ci ho preso gusto e scrivo di tutto. Assurdo, no? Io stesso non l'avrei ritenuto possibile solo pochi giorni fa.

Ma ora basta distrarsi, devo tornare con i piedi per terra... alla scuola...

Meno male che, latino a parte, nelle altre materie me la cavo bene; soprattutto sono un drago in italiano e matematica (e vogliamo parlare dell'inglese dove la prof dice che ho un accento "very british"? Sapesse che è merito delle canzoni che mi sparo a memoria e non delle sue interessantissime lezioni...). Così a casa i miei stanno tranquilli e non mi massacrano troppo.

«Finché continui a cavartela a scuola, allenati quanto ti pare» è il tormentone che mi ripetono un giorno sì e uno sì. E io sono stato mitico a convincerli che quattro in latino coincida ancora con "cavarsela a scuola". In realtà credo che si siano accorti di quanto mi sto impegnando con le ripetizioni e abbiano deciso di darmi fiducia.

Anche il Mister la pensa esattamente come i miei, anzi a volte lui è persino più duro da convincere: il suo "prima la scuola poi il resto" assomiglia molto al genitore-pensiero! Su questo non fa mai sconti, è capace di non farti più entrare in campo se vede che non ti impegni con lo studio. Arriva anche a controllarci i voti, se non è convinto.

Eppure è anche per questo che lo stimo.

GIOVEDÌ – SERA

Durante la partitella di allenamento di oggi è successo un casino: Andre si è scontrato con Cecio e si è massacrato il ginocchio. Pura sfiga al cento per cento! Sicuro che starà fuori dei mesi, la stagione per lui ormai è chiusa. *Game over*!

Deve aver sentito un male boia, poveretto. Dopo il contrasto si è buttato per terra e ha iniziato a gridare come un maiale sgozzato rotolandosi sul campo. Visto che è uno che non fa mai scene, abbiamo capito subito che doveva esserci qualcosa di grave; a me è quasi venuto da vomitare a sentirlo urlare così e mi sono allontanato per non vederlo.

Il Mister ha immediatamente avvisato suo padre, che è venuto a prenderlo in macchina dopo la partita e lo ha portato dritto in ospedale.

Appena uscito dal pronto soccorso Andre mi ha chiamato per aggiornarci.

«Dicono che di sicuro mi è partito qualche legamento, ma lo sapremo con certezza solo fra qualche giorno, quando farò la risonanza magnetica al ginocchio. Secondo l'ortopedico probabilmente dovrò operarmi».

Non era più arrabbiato, solo depressissimo. Aveva una voce che arrivava dall'oltretomba, non sembrava neanche lui. Era più simile a Lord Voldemort...

E dire che è stato un normalissimo contrasto, senza cattiveria.

In campo Cecio sarebbe sprofondato sotto terra se avesse potuto, tra lui e Andre non so chi fosse più abbattuto. Anche se è stato uno scontro come ne succedono tanti in campo, lui non sapeva farsene una ragione. Anche perché Andre, una volta passato il dolore acuto, mentre stava aspettando suo padre nello spogliatoio ha messo su un muso da paura, tanto che invece di andare da lui a incoraggiarlo abbiamo preferito stargli lontani. Avrebbe benissimo potuto mordere. Sapeva già – e ne eravamo certi tutti noi – che per questa stagione non l'avremmo più rivisto in campo.

Doppia sfiga, per lui e per la squadra.

Andre ci serve per vincere, non so davvero come faremo senza. E dire che è stato lui l'uomo-partita prima del fattaccio. Sai che consolazione adesso...

Venerdì – tardo pomeriggio

Oggi pomeriggio l'ho vista di nuovo! Stessa metro, stessa ora. Che coincidenza assurda! Per farmi coraggio mi sono detto: questa volta non devi lasciartela scappare. Ha fatto finta di non notarmi, ma secondo me mi ha riconosciuto. Deve essere molto riservata (perfetta per me, che non sopporto le ragazze troppo sfacciate!). O forse è solamente una un po' snob che sta sulle sue, devo ancora capirlo. Effettivamente ho sentito dire in giro che loro sono fatte così, non danno molta confidenza...

Me lo sentivo che l'avrei incontrata di nuovo, non poteva certo finire in quel modo dopo il nostro primo incontro. Voluto dal cielo.

Lei stava ancora in piedi, appoggiata alla stessa carrozza del treno, con i libri stretti contro la giacca a vento nera. Esattamente come la prima volta in cui l'ho incontrata, anzi l'ho scontrata.

La trovo davvero grandiosa, di una bellezza rara e strana. C'è qualcosa di speciale nei suoi occhi... sembrano capaci di guardare lontano: sono sicuro che potrebbero anche perforare le lamiere del treno, le pareti della metro, arrivare fino in superficie e andare oltre il cielo. Sono occhi strani, non tristi ma nemmeno felici, mille volte più intensi di quelli delle ragazze che ho conosciuto finora. Esiste in lei un non so che di misterioso che mi attrae e poi è tremendamente carina. Non è alta, è esile e ha un portamento elegante, quasi regale. Si muove lenta, composta, mai fuori posto.

Fino a ora ho avuto il calcio, la squadra, il Mister, i miei amici. Quanto basta a uno per essere contento della vita. Mai pensato seriamente a una storia!

Eppure... "Seguila!" mi sono sentito ripetere dentro oggi pomeriggio: una voce mi invitava a mollare tutti i piani e i progetti fatti. Non mi è mai successo prima, mi sono stupito anch'io di questa assurda novità. Per qualche ora la borsa da calcio mi avrebbe fatto inutilmente compagnia, ormai lo sapevo: sono stato come stregato, non ci potevo fare niente. Persino il pallone ha perso tutta la sua attrattiva; campionato, classifica, squadra, compagni sono improvvisamente diventate parole vuote, senza senso. Pazzesco, soprattutto in questo modo, così all'improvviso.

Allora non sono sceso alla mia fermata e sono andato avanti, fin quasi al capolinea, dove è scesa lei. Non mi sono mai spinto così lontano, non ho nessun amico che abita in quella zona e nessunissimo motivo per arrivare fin là. Nonostante fosse primo pomeriggio, il cielo grigio di nuvole sembrava senza luce. I neon dei negozi, già accesi, riflettevano la loro luce livida sull'asfalto bagnato di nebbia. Mi sono sentito ridicolo a essere lì come un detective privato a pedinare un sospettato. L'ho seguita a distanza, preoccupatissimo di non farmi notare, come uno stupido.

Già, mille volte stupido: andavo in giro in un posto sconosciuto con un quintale di borsa che mi sbatteva contro le gambe, e poi chissà che scusa avrei dovuto inventare col Mister per non essermi presentato all'allenamento senza neanche avvisare. E ai miei? Cosa avrei raccontato se per caso il Mister avesse chiamato a casa (ma in cuor mio contavo che non l'avrebbe fatto)?

Insomma, un vero stupido, perché mi trovavo in un postaccio dove non avrei dovuto essere e senza avere la più pallida idea del perché.

E intanto camminavo e, più camminavo, più mi rendevo conto che le mie paure di essere scoperto non avevano ragione di esistere. Lei non dava certo l'impressione di preoccuparsi di me; procedeva come un automa, quasi meccanicamente, strascicando un pochino i piedi. Incredibile! A un certo punto non mi è nemmeno sembrata più così bella, né interessante.

Cosa mi è saltato in testa di seguirla Dio solo lo sa. "Stupido coglione" continuavo a ripetere fra me e me; non avrei saputo definirmi in altro modo.

Poi di colpo non l'ho più vista sul marciapiede. Sparita in un locale, con le vetrine chiuse da certe tende galline di plastica che al solo guardarle davano l'idea di unto.

L'insegna verde *Il Paradiso di Giada* non mi ha lasciato dubbi: un ristorante. Oddio, qualche dubbio sul paradiso mi è venuto. Nell'aria si sentiva uno strano odore, un misto di fritto e non so che. Certamente non il profumo che ci si aspetta in paradiso.

Mi sono avvicinato e ho sbirciato dentro, attraverso la fessura che la tenda lasciava nel vetro della porta di ingresso: le sedie erano rovesciate sui tavoli che, senza tovaglie, parevano ancora più squallidi perché si vedeva che erano fatti di legno grezzo, non verniciato. Un anziano cinese stava scopando per terra a testa bassa, lentamente; di lei nessuna traccia.

Quando l'uomo ha sollevato di colpo lo sguardo, io ho fatto un salto indietro sul marciapiede. Non so perché, ma mi sono spaventato a morte: mi sono venuti in mente certi film sulla mafia cinese, quelli dove fanno sparire la gente nel retro dei ristoranti in mezzo a dragoni di giada – appunto! – e lampade rosse con le frange dorate. Non mi piaceva affatto quel posto e sono tornato di corsa alla metro dopo aver perso un pomeriggio.

VENERDÌ – SERA

Stupido, stupido, stupido. Stupido che non sono altro. Ancora stasera, non riesco a ripetermi altro. Ho l'impressione che lo dica anche Pato attaccato sul muro davanti a me.

SABATO – SERA

Uauh, che sabato!

ME-MO-RA-BI-LE!

Oggi pomeriggio abbiamo giocato contro i primi in classifica.

Già dal risveglio ero nervosissimo.

Per la tensione non sono addirittura riuscito a fare

colazione. Incredibile, ma ogni tanto mi succede: quando mi agito veramente mi si chiude lo stomaco e non va giù niente. Meno male che a pranzo mamma mi ha obbligato a mangiare la carne.

«Per giocare bene ci vuole una bella bisteccona!» ripete tutte le volte che ci aspetta una partita impegnativa. E così rimpinza me e i miei amici, quando si fermano a casa nostra a mangiare prima di andare insieme al campo accompagnati da mio papà. Lui è un grande, non ha mai mancato una partita: un po' supporter un po' taxista ufficiale!

Oggi ci speravamo, ma nessuno osava crederci davvero: abbiamo vinto due a uno! E il gol dei tre punti è stato proprio il mio! Strepitoso! Cecio ha scartato tre avversari (sembrava Ibra!), mi ha fatto un assist degno di Sky... poi io mi sono fatto trovare pronto al posto giusto e ho gonfiato la rete con un tiro potentissimo. Giuro che in quel momento non ho neanche sentito male alla gamba (be', in effetti il nuovo mega-fisioterapista è un mago!). Ah, il tocco di classe: dopo il gol ho appoggiato il piedino fatato sul ginocchio di Cecio e lui ha fatto finta di baciarlo. Con tutte le volte che avevamo provato l'esultanza in camera mia, è venuta fichissima!

Sulla porta dello spogliatoio, aggrappato alle sue stampelle, Andre ha iniziato a gridare come un matto. Dal campo gli siamo tutti corsi incontro e l'abbiamo abbracciato, a momenti lo buttavamo a terra: quel gol e la vittoria erano dedicati a lui e a ciò che resta del suo povero ginocchio!

Peccato che per noi non ci fosse molto tifo, ci avrebbe pompato ancora di più. Tranne qualche sparuto papà venuto ad accompagnarci – oltre al mio fedelissimo, ovviamente – la tribuna era affollata solo dai supporter della squadra avversaria presenti in gran numero e molto, molto rumorosi. Sfido io, sono i primi in classifica! Questa volta hanno avuto poco da esultare... Che soddisfazione, col mio gol sono riuscito a zittire per un po' anche un gruppetto di mamme scatenate che sfondavano i timpani (e non solo) con le loro odiose vocine stridule!

D'ora in poi avranno poco da star tranquilli: con questi tre punti gli siamo ormai alle costole. Le prossime partite saranno decisive, adesso più che mai i giochi sono aperti e tutto è davvero possibile.

Durante il secondo tempo, per un attimo, ho perso la testa. Proprio quando c'era da difendere il vantaggio che avevamo strappato coi denti... Ho guardato a bordo campo e ho visto una ragazza in piedi, che sembrava proprio lei. Stessi capelli nerissimi e lisci, stessa altezza, stessa figura. Devo essere impazzito: sono riuscito a portare l'azione lì vicino così da poterla guardare meglio e ho pure provocato una rimessa a nostro favore in modo da avvicinarmi ancor di più alla rete. Che delusione, però! Quella lì avrà avuto almeno venticinque anni ed era pure venuta ad ammirare un avversario, un superpalestrato con la mascellona squadrata e gli occhi da pesce lesso! Da quel momento non gli ho fatto più toccare palla.

Non capisco: cosa mi sono messo in testa con questa ragazza del mistero? Certe volte fatico a riconoscermi. Prima ero tutto calcio e scuola, anzi tutto calcio e basta; e adesso?

SABATO – NOTTE

Ci ho ripensato, non è vero che ero tutto calcio e basta. È che non credevo potesse accadermi questa cosa, soprattutto in un modo così strano. Nessuno però ora si azzardi a chiedermi di definire meglio cosa intendo per "questa cosa", sennò gli spacco il muso!

Adesso basta: devo dormire altrimenti domani sarò uno zombie.

Lunedì

Dopo gli allenamenti, ho avuto un'ideona! Con la squadra eravamo in cerca di un ristorante dove poter fare una cena insieme; il Mister ci ha detto che voleva radunarci, passare qualche ora con noi e parlarci seriamente. Credo si sia reso conto che ce la possiamo fare ad arrivare primi e ci voglia sempre più uniti come squadra.

Allora mi sono fatto avanti: ho detto che conoscevo un ristorante cinese che costava poco e che non era troppo lontano da dove abitava il Mister (che culo, no?). Metà squadra ha storto la faccia perché l'idea del cibo cinese non piace a tutti, ma è stato lì che ho scoperto che il Mister invece lo adora (doppio culo!). Così abbiamo combinato per andarci giovedì prossimo.

Adesso però mi viene il dubbio che mi stia cacciando nei guai da solo; forse era meglio se andavamo da Pizza Big vicino a dove abita Cecio: pizza strabuona e soprattutto molto meno rischio. Per me.

Intanto non l'ho più beccata sulla metro. Ci guardo in continuazione, soprattutto alla fermata dove sale di solito, ma nessuna traccia. Sembra essersi dileguata nel nulla. Volendo, potrei cercarla al ristorante, ma non mi sembra il caso. Troppo lontano, troppo impegnativo, troppo sbattimento.

Se i miei compagni sapessero che ho montato tutta questa sceneggiata della cena cinese per una tipa vista due volte in metro e che, tra l'altro, non mi ha neanche mai parlato forse mi impiccherebbero. E io non potrei dar loro torto.

Anzi, se non fosse già notte fonda, quasi quasi andrei subito a comprarmi la corda.

Martedì

Roba da chiodi! Finita la scuola ero con i miei amici nel solito vagone strapieno di gente, l'ultimo in fondo. Lo prendo sempre di corsa stramazzando giù dalle scale per arrivare a pranzo il prima possibile: a quell'ora dalla fame mi mangerei anche la tessera dell'ATM!

Esattamente dall'altra parte della carrozza l'ho vista mentre era intenta a chiacchierare con due ragazze. Che imbarazzo! Non volevo far capire niente ai miei compagni, ma nemmeno perdere quell'occasione insperata; così ho dovuto inventarmi lì per lì una scusa per allontanarmi da loro senza dare troppo nell'occhio.

«Ehi, ma quello è mio cugino Paride! Non lo vedo da una vita! Scusate, faccio un salto a salutarlo» ho detto indicando un ragazzotto basso e biondiccio con un paio di cuffie gigantesche, strategicamente in piedi nella zona dove si trovava anche lei. Inutile dire che del caro cugino sul treno non c'era neanche l'ombra, anche perché se ci fosse stato davvero, probabilmente avrei cambiato carrozza pur di non incrociarlo. Si crede chissà chi (io qui, io là, io su, io giù) solo perché suo padre è pieno di soldi, frequenta unicamente fighette uguali a lui e si permette di trattare gli altri che non sono del suo giro come fossero scarti dell'umanità. E poi Paride odia il calcio: troppo popolare, uno sport da minorati mentali, praticamente ventidue idioti che rincorrono una palla che rotola! Lui solo barca a vela e golf, ma scommetto che anche lì è una mezza sega! Lo vedo una volta l'anno a Natale, quando non va in viaggio in Polinesia o in Nuova Guinea, e per me è già troppo!

Per la prima volta in vita sua, almeno, è servito a qualcosa e mi ha dato la scusa per intrufolarmi pian piano fra la gente, facendo lamentare più di un signore per lo zaino troppo pieno di libri sulle spalle e il mio inseparabile borsone da calcio che sbatteva sulle cosce di tutti. Tempo due fermate ero riuscito nell'impresa di attraversare tutto il vagone da cima a fondo, senza avere ancora idea di cosa avrei fatto. Quando le sono arrivato vicino, si è girata verso di me e... non era lei! Che palle! Di nuovo stessi capelli, stessa fisionomia, ma era un'altra. Praticamente la stessa allucinazione avuta al campo sportivo! È la seconda volta che mi succede in una settimana e non è un buon segno. Proprio no. Sto sbarellando di brutto. Forse dovrei preoccuparmi e andare dal dottore. Ma è colpa mia se le cinesi si assomigliano tutte?

Accidenti, mentre la sosia usciva dalla metro lasciandomi stordito come un pugile al tappeto, mi sono reso conto che della misteriosa ragazza dagli occhi a mandorla non conosco nemmeno il nome.

È sempre più pazzesco. Lo ripeto, credo di aver bisogno di un dottore. Ma di uno bravo.

GIOVEDÌ – SERA

Oggi è stato il gran giorno! Quello della fatidica cena... Praticamente non ho pensato ad altro fin da quando ho aperto gli occhi. Nel primo pomeriggio ho iniziato a diventare supernervoso, figurarsi come mi sentivo al momento di entrare nel ristorante...

Il posto era ancora mezzo vuoto. L'odore di fritto questa volta però non disturbava, anzi faceva venire un certo appetito. Sarà stato perché avevo una fame boia, dato che a pranzo mi ero fatto solo un minuscolo hamburger da Mac (avevo giusto un euro in tasca!).

Anche i miei compagni di squadra erano eccitati, ma per motivi diversi; alcuni non erano mai entrati in un ristorante cinese e con quello che si dice in giro temevano ciò che li aspettava. Probabilmente si immaginavano cavallette fritte e rospi in salamoia con salsa di meduse piccanti.

Io ci sono già stato molte volte coi miei (papà è un vero fanatico del *China food*!) e così ho potuto fare il figo: involtini primavera, *wonton* al vapore, pollo con anacardi e gelato fritto non hanno segreti per me.

Peccato che avevo organizzato tutto non per il cibo, ma per poterla vedere da vicino, farmi finalmente notare e magari scambiare qualche parola con lei.

All'inizio ero disperato perché ci giravano intorno solo cameriere bruttine e sciatte: quella che serviva il nostro tavolo, poi, era svogliatissima e masticava la cicca spalancando la bocca. Alla cassa, una vecchia di mille anni coi capelli stratinti di nero stava facendo dei conti a mano su un quaderno a quadretti grossi. Ogni tanto alzava la testa per controllare la situazione, soprattutto le cameriere e come si muovevano; secondo me è il capo! Mi ha ricordato quelle vecchiette dei cartoni tutte fragiline e care che poi al momento giusto sferzano pugni e calci, in questo caso mortali mosse kung-fu. Sinceramente era un po' inquietante.

Mi è parso di aver intravisto di spalle il vecchio che l'altro giorno stava riordinando la sala. Stava in cucina e indossava una giacca bianca tutta stropicciata, gobbo nello stesso modo anche senza tenere la scopa in mano.

Quando è arrivato il nostro turno ho ordinato io per tutti, sfoggiando la mia grande competenza in materia.

Ero un po' deluso: il mio obiettivo pareva lontanissimo. Cavolo, avevo trascinato in quel posto in culo al mondo venti compagni e il mio coach assolutamente per niente! Stavo già per deprimermi di brutto, quando a un tratto la vedo sbucare fuori dalla cucina. I capelli erano raccolti indietro, in una strana pettinatura. Non le stava benissimo, ma era supercarina anche così. Si muoveva veloce, ha lasciato con cura i piatti che avevamo ordinato in mezzo al tavolo perché li dividessimo e ci ha chiesto se volevamo "altre birre".

Dava mille punti alle colleghe. Anzi, un milione!

Prima rivelazione: parla benissimo l'italiano. Che pezzo di idiota che sono: mi aspettavo che se ne uscisse con "altle bille" come i cinesi dei film e invece ha piazzato una serie di erre perfette una dietro l'altra! Meglio certo della mia erre moscia di cui mi libererei così volentieri: da piccolo me ne vergognavo tremendamente, ma adesso mi sono rassegnato! Be', quasi rassegnato. Anzi no, la trovo orribile.

È bastato vederla, sentirla parlare e la serata è tutt'a un tratto cambiata.

Io sono cambiato: mi sono stragasato, ho fatto di quelle battute...

Mi sentivo invincibile, strasimpa.

Devo essere proprio rincoglionito!

Sul più bello sono stato interrotto da un tintinnio di bicchieri: il Mister in piedi reclamava l'attenzione per il suo discorso.

«Ragazzi, è ormai evidente a tutti che siamo a un soffio dalla vittoria del campionato. Ci ho creduto fin dall'inizio, probabilmente più della maggior parte di voi, e adesso sono ancora più sicuro che possiamo farcela. So però che potrà accadere a una sola condizione. Non basteranno allenamenti, sforzi, dedizione. Tutto questo lo do per scontato e dovuto: conosco come sapete lavorare e vedo quanto vi state impegnando, soprattutto in questo periodo. C'è un passo in più a cui adesso siete chiamati: dovete iniziare a pensarvi davvero come una squadra, oggi più che mai. Ognuno indispensabile all'altro. Non mi servono dei fenomeni per vincere, mi servono calciatori che vedono il gioco di insieme e che si cercano in campo con generosità. State certi, in questo modo arriveremo a sollevare la coppa. I moschettieri erano tre, noi siamo molti di più, ma il loro motto deve diventare il nostro: tutti per uno e uno per tutti! Sul tappeto verde non mi accontenterò più che le forze di undici giocatori si sommino in modo aritmetico, voglio vederle moltiplicarsi. Undici per undici è il nostro obiettivo, il vero schema vincente! Ma accadrà solo se sapremo inseguire insieme lo stesso sogno, mettendo ciascuno le proprie risorse a disposizione di tutti!»

Più o meno ha detto così: è bravissimo a pomparci coi suoi discorsi!

Per finire, è seguito un giro di limoncello offerto dal Mister, con annesso brindisi; ovviamente al motto di tutti per uno!

Quando lei è tornata al nostro tavolo, le ho chiesto il conto. Ho fatto anche in modo di raccogliere tutti i soldi dagli altri così che potessi pagare io; non avevo nessuna intenzione di andare alla cassa dalla vecchiaccia sdentata, volevo creare un'occasione speciale per parlare direttamente con lei. A tu per tu.

«Si paga alla cassa» mi ha risposto quando le ho mostrato i soldi che tenevo in mano avvolti nella ricevuta che mi aveva portato poco prima. Ho sfoderato inutilmente il sorriso più accattivante che fossi in grado di fare. Si vabbe', probabilmente il sorriso che mi è venuto non è stato proprio dei migliori; forse faceva un po' foto della prima comunione, ma non dovevo essere malaccio.

«Come ti chiami?» mi sono trovato comunque a chiederle parlando sottovoce, senza neanche averlo programmato. La domanda era completamente fuori luogo, lo so che non c'entrava niente, ma è uscita così, da sola. Con un tono anche un po' da pesce lesso.

«Si paga alla cassa» infatti ha ripetuto lei, come da copione.

Che coglione! Cosa mi aspettavo?

Deve proprio essere una dura; anche se la sua voce non è sembrata seccata, anzi...

Allora mi sono ritrovato addosso un coraggio da leone; proprio io che sono sempre stato timido e introverso, più capace di scrivere che di parlare, sono uscito allo scoperto. Stavo mettendo piede in un campo minato, ma in un modo o nell'altro quella bomba doveva pur scoppiare.

«Ti ho visto in metropolitana qualche giorno fa» le ho detto guardandola negli occhi.

Lei non ha abbassato lo sguardo, anzi mi ha fissato così tanto che ho dovuto farlo io.

«Lo so, ti sei fatto notare abbastanza. E poi un'altra volta mi hai anche seguito fin qui».

Solo questo ha aggiunto. Nient'altro. Il tono era neutro, qualsiasi interpretazione possibile. Poi si è girata verso il tavolo vicino per prendere un'ordinazione, ma secondo me l'ha fatto apposta per troncare il discorso.

"*Game over*" ho pensato.

E invece quando siamo usciti dal ristorante, ha messo fuori la testa dalla cucina per guardarci.

Anzi per guardarmi. Lei, la ragazza senza nome.

P.S. Sono anche sicuro che mi ha visto, quando ho preso il bigliettino del ristorante. Avevo già intenzione di attaccarlo qui. A ricordo perenne della prima volta in cui le ho parlato.

Ora vado a letto, ma so già che non dormirò. E non credo sia colpa dei *wonton* al vapore…

LUNEDÌ

In classe, oggi, mi ha ronzato in testa un'idea fissa per tutta la mattina, praticamente ho dovuto violentarmi per seguire le lezioni. Eppure più ci pensavo più mi convincevo che fosse la decisione migliore. Così, uscito da scuola, sono andato ad appostarmi vicino al *Paradiso di Giada*. Per pranzo ho comprato un pezzettone di pizza in una panetteria per strada e l'ho divorato in piedi, sul marciapiede. Sapevo che prima o poi sarebbe arrivata, non volevo rischiare di perdermela.

Peccato sia arrivata… poi.

Sono rimasto quasi tre ore al freddo, appoggiato a un muro scrostato chiedendomi cosa stessi facendo in quel posto; col passare del tempo mi sembrava di averlo sempre meno chiaro. La determinazione cresciuta in classe nella mattinata stava a poco a poco svanendo. Ormai avevo anche imparato a memoria i cartelloni pubblicitari che si trovavano davanti a me: un tipo di mutande che non danno prurito (ma da quando le mutande danno prurito?), assorbenti super-confort con le ali (questa delle ali devo ancora capirla), un nuovo rasoio progettato dalla NASA con cinque lame al titanio (tanto, per la barba che mi ritrovo anche una è già troppa!).

Solo Cecio, tra i miei amici, era a conoscenza del

piano. Non ho avuto il coraggio di dirglielo a scuola, ma gliel'ho scritto in un lungo sms mentre ero in metropolitana. Lui mi ha bombardato di messaggini, per sapere, ma non gli ho mai risposto, un po' per vergogna un po' per una strana forma di orgoglio.

Deve aver speso un botto di messaggi.

"Ancora lì?"
"Hai intenzione di fare notte?"
"E se gg non arrivasse?"
"Secondo me sei un pirla"
"Vieni all'allenamento piuttosto!"
"Guarda che non ti copro col Mister!"

Non potevo certo biasimarlo: quei messaggi, via via più minacciosi, li avrei scritti io a me stesso. Cecio ha fatto tutto ciò che un buon amico deve fare in una situazione così e lo rispetto molto, per questo. Ma in cuor mio sapevo di dover restare lì. Questa storia mi stava prendendo fin troppo, allucinazioni e cena di gruppo cinese incluse. Non aveva senso tirare troppo in lungo.

Pochi minuti dopo le cinque, finalmente, eccola arrivare, infagottata in un cappottino grigio scuro, aderente. Sembrava ancora più minuta, vista sotto la pioggerellina che scendeva mista a una nebbia strana, come solo in periferia succede.

Sono sicuro che da lontano mi ha riconosciuto subito anche lei (nonostante il mio mitico cappellino AJ calato fino agli occhi), ma questo non è stato sufficiente a farle mutare il passo. Ha continuato imperterrita a camminare rannicchiata su se stessa, con passi piccoli e svelti. Ho attraversato la strada e le sono andato incontro. Non potevo perdere quell'occasione, con la fatica che mi era costata!

«Ciao» le ho detto. Non molto originale lo riconosco, ma, accidenti, in tanto tempo che sono stato ad aspettare non sono riuscito a prepararmi nessun discorso. Solo un groviglio di pensieri che mi girava confusamente per la testa senza concludere niente.

«Ciao» mi ha risposto, senza scomporsi più di tanto, col suo solito modo di guardare dritta negli occhi. Come se avermi davanti fosse la cosa più normale del mondo.

«Ti sto aspettando, da qualche ora...»

«Vedo».

«È che non mi hai detto come ti chiami».

«E sei stato tutto questo tempo sotto la pioggia solo per questo?»

Silenzio. Ma la pausa è stata riempita da un sorriso. Un sorriso sincero stavolta, non da ristorante.

Mi ha tolto il fiato, da quanto è carina. A quel punto ho creduto di aver fatto colpo.

«Rossana, mi chiamo Rossana».

Io stavo per dirle: e io mi chiamo Bond, James Bond. Poi ho pensato che sarebbe stato meglio non fare il cretino. E sono rimasto zitto come un pirla, senza neanche presentarmi.

Rossana. Chi l'avrebbe mai detto. E io che pensavo a Wang, Zu, Cheng, Ping... Si chiama Rossana, invece. Come le caramelle che mangiava nonna Adelina e che mi offriva ogni volta che l'andavo a trovare da piccolo. Un incubo! Non mi sono mai piaciute. Ma di cosa sapevano?

Di fronte al suo nome non sono riuscito a trattenere il mio stupore e dalla faccia che ho fatto deve essersene accorta.

«Che c'è, non posso chiamarmi Rossana?»

Il suo volto ha immediatamente cambiato espressione, l'ho vista incupirsi, diventare quasi un'altra.

Non so se è stato solo per questo, ma mi ha liquidato subito, senza darmi possibilità di replica, e ha troncato improvvisamente il discorso:

«Adesso vado, non ho tempo per te. C'è il ristorante da aprire fra poco ed è già abbastanza tardi. Senti, non so cosa ti sei messo in testa, ma forse è meglio se mi lasci in pace. Credimi, è meglio per tutti e due».

Tre ore di attesa, tre minuti di incontro.

Sono rimasto ancora come un pirla sotto l'acqua di questo temporale, che intanto è scoppiato sopra di me senza che neanche me ne accorgessi. Ma non me ne frega niente.

"Forse è meglio se mi lasci in pace". Questa frase mi tormenta il cervello, soprattutto perché non ne capisco il motivo.

Be', anche quel "non so cosa ti sei messo in testa" non mi lascia indifferente. Già, cosa mi sono messo in testa? Bella domanda!

Sul cellulare, le chiamate non risposte di Cecio sono arrivate a ventuno. Non mi andava di parlare al telefono e volevo scrivere subito qua sopra. Devo pure stare attento che la pioggia non sbiadisca le pagine, quando esco dalla metro.

LUNEDÌ – NOTTE

«Allora com'è andata?» mi ha chiesto stasera Cecio su Facebook, un nanosecondo dopo che mi sono collegato (tra l'altro, ho visto che ha linkato anche le foto dell'ultima partita. Spettacolo puro!).

«Male, è andata».

Fortuna che non mi ha chiesto di aggiungere altro e si è limitato a chiudere in tutta fretta il discorso.

«Mi spiace, domani mi racconti meglio. Se non stacco entro un secondo stavolta i miei sbottano davvero e mi tolgono il computer per sempre».

Poi si è messo subito offline.

Immagino la scena: sicuramente doveva uscire a cena coi suoi genitori, che erano già sulla porta di casa con le chiavi nella serratura, e lui ancora in tuta seduto davanti al PC!

Meglio così, perché non avrei proprio saputo spiegargli cosa fosse in realtà andato male. L'unica cosa certa è che qualcosa sta andando storto.

Ho una tale rabbia addosso! Non ricordo di essermi mai trovato in uno stato di black-out così totale. Com'è potuto accadere che io mi sia ficcato dentro una storia del genere? Anzi dentro una perfetta non-storia!

Sembrano quel mucchio di sciocchezze che succedono solo nei film che le ragazze adorano, pieni di colpi di fulmine e innamoramenti e pianti e incomprensioni. Io non mi ci ritrovo! IO NON SONO COSÌ! Non voglio vivere dentro una storia alla Moccia, non voglio incasinarmi la vita con delle solenni cazzate e diventare ridicolo per tutti, prima di tutto per me stesso. Mi sembra che di idiozie ne abbia già fatte fin troppe: perdere gli allenamenti, ore di studio, uscite con gli amici, serate sul letto in preda a fantasie che non sento mie.

Sai che ti dico? Chissenefrega!

Mille volte meglio tornare alla squadra e alla scuola. C'è un campionato da portare a casa e dei debiti da evitare.

Direi che ne ho già abbastanza di casini a cui pensare, non mi serve aggiungerne altri.

Anche questo stupido taccuino non ha più senso, conviene smettere e piantare tutto qui. Ho di meglio da fare che perder tempo a scrivere vaccate.

Ho iniziato perché mi era balzata in testa l'idea che con lei sarebbe successo qualcosa di memorabile da annotare, da ricordare. Avevo l'illusione che ogni momento potesse diventare speciale e non me lo volevo perdere. E invece solo cazzate, una dietro l'altra. Smancerie da racconti rosa per ragazzine in preda agli ormoni.

Fanculo, io mollo tutto.

Lunedì – tre settimane dopo

OK, OK, lo so, esattamente tre settimane fa avevo fatto un proposito e finora sono riuscito a seguirlo alla lettera. Ho messo la testa a posto, ho smesso di cercarla, non ho più aperto il taccuino. Tutto iniziava finalmente a filare liscio. Soprattutto il campionato, che sta andando benone e siamo secondi in classifica. Pazzesco, a un passo dalla vetta! Mi sembra già di toccarla...

Tutto va a gonfie vele, anche la scuola è quasi a posto, ho solo latino sotto (ma col cinque, pare che le ripetizioni con la strega di Biancaneve stiano funzionando...), in inglese e matematica ho avuto otto nella pagella del secondo trimestre e ho sfiorato il nove in italiano!

Insomma un periodo felice, anche con gli amici: andiamo d'accordo e ci divertiamo tantissimo. Ho anche pensato che forse è perché la maggior parte di noi non ha ancora una ragazza, che rompa, distragga e ci allontani...

Insomma tutto a posto fino a oggi pomeriggio, quando ho preso quella stramaledetta metropolitana. Quella di sempre, ma oggi proprio stramaledetta.

Finita la scuola, ero andato a casa di Cecio, e dopo

due pizze scongelate al prosciutto e funghi, abbiamo fatto un torneo alla play e preparato insieme la verifica di storia per domani.

Non mi piace studiare storia, mi annoia tremendamente; se lo faccio da solo non mi passa più, con un amico invece è tutto diverso, riesco a fare gli schemi e a memorizzare bene.

Con Cecio poi mi diverto un botto: mentre ripete trova sempre il modo di infilarci una delle sue mitiche battutacce che fanno morire!

Ecco, stavo tornando verso casa quando sulla metro qualcuno mi si è seduto accanto. Io stavo leggendo il *Dylan Dog* che mi ero appena comprato e per nulla al mondo avrei interrotto la mia storia, non avrei nemmeno alzato gli occhi se una voce non si fosse rivolta a me.

«Ciao».

Ho sollevato lo sguardo e non potevo crederci. Era Rossana, con un giubbottino leggero rosso, stretto in vita, e un paio di jeans non troppo attillati, ma che la fasciavano abbastanza. Uno schianto. Da arresto cardiaco.

Sono rimasto paralizzato, non sono nemmeno stato capace di rispondere al saluto, e anche lei è stata zitta. Insomma siamo rimasti in silenzio tutti e due. Assurdo, no? Uno accanto all'altro con lo sguardo fisso davanti. Io a far finta di leggere *Dylan* con la testa che girava a mille e la saliva in bocca che non voleva scendere giù nello stomaco, lei (credo) a guardare la gente entrare e uscire come se niente fosse.

Non mi sono neanche accorto quando è arrivata la fermata dove dovevo scendere, tanto ero nel pallone. Così mi sono alzato di scatto e ho raggiunto la porta giusto un secondo dopo che si era richiusa, sbattendoci letteralmente il naso contro. Davvero una gran figura, complimenti! Il re degli sfigati!

«Mi sa che mi tocca scendere alla prossima» le ho detto dopo essermi girato verso di lei, cercando di fare un po' lo spiritoso e gesticolando decisamente troppo. Non sapevo che fare; le braccia si muovevano da sole ed ero di nuovo paonazzo in volto.

Questa ragazza su di me finora è stata in grado di suscitare almeno tre effetti pazzeschi.

Uno: riesce a farmi sistematicamente mancare le fermate della metro.

Due: mi fa avvampare la faccia portandomi al colore di un peperone abbrustolito sulla griglia!

E tre... vabbe', meglio tralasciare.

Rossana mi ha restituito un largo sorriso, poi ha sollevato le spalle come per dire "dai non te la prendere". E intanto continuava a fissarmi.

Accidenti, ha uno sguardo stranissimo, dolce e fiero al tempo stesso, uno sguardo da dura, ma anche tenero; sembra sempre che stia per chiedere qualcosa che alla fine però non esce.

Ho aspettato tremendamente imbarazzato la stazione successiva, tornando a guardarla di tanto in tanto con la coda dell'occhio. Pazzesco, mi è sembrato che quel tratto durasse delle ore e che la galleria buia non finisse più.

Quando sono finalmente sceso mi sono fermato davanti alla porta che si richiudeva e mi sono voltato. Ho appena fatto in tempo a vedere che lei ha alzato una mano in segno di saluto, agitando dolcemente le dita. Poi, mentre sorrideva ancora, un vento caldo l'ha portata via.

E stanotte, eccomi qui sul letto a gambe incrociate a cantare assieme a Katy Perry che mi urla nelle orecchie. Sono andato a ripescarla nella library dell'ipod, mi sembra perfetta per il momento.

You make me feel like I'm living a teenage dream
The way you turn me on, I can't sleep
Let's run away and don't ever look back
My heart stops when you look at me...

Allora eccomi ancora qui, di nuovo con un buon motivo per riprendere a scrivere su questo taccuino. Di nuovo con qualcosa da raccontare e un gran casino da capire.

MARTEDÌ – MATTINA

Stanotte ho fatto un sogno strano.

Non lo ricordo tutto, ma so che mi trovavo in una casa sconosciuta dove all'improvviso è arrivata una talpa che si è messa a scavare delle gallerie sotto al pavimento. All'inizio erano piccoline, perfino carine, poi a un certo punto diventavano sempre più grandi e scure, una in particolare era diventata enorme e io c'ero addirittura cascato dentro. Ci stavo nuotando affannato, quando i Red Hot Chili Peppers dal cellulare mi hanno svegliato di colpo.

Non era un sogno di paura, anzi. È solo che mi ha lasciato una strana sensazione addosso, un insolito misto di preoccupazione e felicità. Mentre ero sotto la doccia ci ho pensato a lungo e sono giunto alla conclusione che c'entra la metropolitana. E, di sicuro, l'incontro di ieri con Rossana.

Lo devo considerare un segno del destino?

Comunque ho preferito annotarmelo subito, sennò poi rischio di dimenticarmelo; mi capita spesso coi sogni: al risveglio li ricordo benissimo, poi col passare del tempo si dissolvono pian piano.

Adesso volo a scuola con Cecio. Mi passa a prendere con il motorino sotto casa, poi chissà che ne sarà di questa giornata. Anzi prima di uscire torno in bagno a farmi la barba, non si sa mai. Oddio, la barba... taglio quei quattro pelucchi in croce che ho sulle guance col mio super-rasoio a cinque lame al titanio! L'ho comprato davvero: chissà se riuscirà a farmela crescere di più.

Oggi pomeriggio quasi quasi prendo la metro e vedo che succede, soprattutto vedo dove vuole portarmi. Anche se un'ideina ce l'avrei già.

MARTEDÌ – PM

Ho finalmente visto cosa è successo e dove ha deciso di portarmi la metro.

Dopo gli allenamenti sono tornato al ristorante (ma no? Davvero imprevedibile, vero?). Questa volta però mi ero preparato un bel discorso per l'occasione, non volevo fare l'ennesima figura dello stupido. E grazie a Dio non pioveva, c'era un bel sole.

Caspita, come si sono già allungate le giornate. Quando Rossana è arrivata c'era ancora luce. Questa volta però mi ha anticipato lei e mi è venuta incontro decisa, con una strana fretta che l'agitava.

«Seguimi, spostiamoci da qui».

L'ho seguita. Senza sapere cosa stesse succedendo. Lei mi precedeva sul marciapiede e io dietro come un cagnolino, fino a che non abbiamo svoltato l'angolo. Allora si è fermata di colpo e io mi sono trovato vicinissimo a lei.

Bellissima sensazione.

«Cosa vuoi?» mi ha chiesto.

Ho fatto un passo indietro come se fossi stato colpito da un pugno sferzato da un fantasma invisibile.

«Volevo vederti. Ma è sempre così difficile?»

«La vita è difficile» è stata la sua risposta e io sono rimasto a bocca aperta.

Non sapevo che ribattere. Non mi aspettavo delle parole così dure da una ragazza, così lontana da quelle che conosco.

O magari no, non so dire, ma credevo che il massimo problema delle ragazze potesse essere la scelta dello smalto o del colore giusto per i capelli.

«Mi spiace, ma adesso devo proprio andare. Non posso restare qui: capisci, c'è da aprire il ristorante. I miei mi aspettano e poi mi controllano. Lasciami il tuo cellulare, magari quando posso mi faccio viva».

«E quando potrai?»

«Senti, non ti conosco nemmeno, cosa vuoi da me?»

Tutto quel discorso suonava completamente assurdo.

«Niente, volevo solo conoscerti meglio. Dimmi almeno dove vai a scuola».

«Vado al Carducci e faccio la quarta».

«Anch'io faccio la quarta, e vado al Volta. Siamo pure vicinissimi di scuola».

«Be', tanti auguri, allora».

Proprio così mi ha detto: "tanti auguri, allora". Ma che razza di risposta è?

Per la seconda volta sono rimasto in fondo a via Primaticcio, solo come un pirla, dopo uno scambio di battute degno del miglior teatro dell'assurdo.

Perlomeno non pioveva.

E anche i cartelloni pubblicitari erano cambiati: pillole magiche per dimagrire, creme per togliere la cellulite dalle cosce e una bellona sdraiata sulla sabbia con un mini costume indosso (ma cosa pubblicizzava? Cecio ci farebbe una battuta delle sue...). Sono contento che l'unica spettatrice di questa sceneggiata sia stata la bellona. Mi sarei vergognato a morte ci fosse stato qualcuno di umano a sentirci.

Giovedì

Certe sere mi prende una nostalgia che non so ben definire. È come se le mie sicurezze crollassero, se calato il sipario sulla giornata mi sentissi irrimediabilmente piccolo e solo. Mi sforzo di pensare ai tanti amici che ho, ai genitori che ci sono e non mi fanno mancare niente, alle mie prodezze da gran campione di calcio. Eppure tutto questo non basta. Persino la musica non riesce a cancellare questa sensazione, a volte la rende ancora più acuta e mi salta addosso una tristezza senza perché.

Questa è una sera così, di quelle che non si raccontano a nessuno, perché pensi che gli altri saprebbero solo ridere di te, senza capire cosa provi davvero.

Resto immobile sul letto a chiedermi perché mi sembra di desiderare prepotentemente qualcosa a cui non riesco a dare un nome.

Mercoledì

Evvai! Stamattina è accaduto un miracolo, anzi IL miracolo: mi ha mandato un sms! E chi se lo aspettava, visto quello che ci eravamo detti qualche giorno fa (anzi, non-detti!) davanti al ristorante.

"Esco da scuola alle 2. R"

All'inizio ho persino dovuto pensarci un po' per ricollegare quella R a Rossana, non avevo nemmeno il suo numero memorizzato. E poi non mi aspettavo certo si facesse viva.

Cavolo, a quell'ora avevo il dentista e l'avevo rinviato già due volte. La prima gli avevo dato pure buca (ma l'abbiamo dovuto pagare lo stesso e i miei sono sclerati!).

No, non potevo mancare a quell'appuntamento tanto imprevisto quanto desiderato e la scelta è stata delle più facili: alle due in punto invece che a bocca aperta sulla poltrona della dottoressa Paroli mi sarei trovato davanti al cancello del Carducci, zaino in spalla e berrettino di Abercrombie in testa (quello bianco con la visiera che mi fa tanto figo).

Mi ha portato lì Cecio in motorino, perché anche noi avevamo la sesta ora e non volevo assolutamente fare tardi. Senza il suo aiuto non ce l'avrei mai fatta.

«E il dentista?» mi ha chiesto lui per strada.

«Amen».

«La senti tu, tua madre stasera...»

Non gli ho risposto, ma aveva ragione: l'avrei davvero sentita io. Forte, Cecio è come il fratello che non ho mai avuto. Sa tutto di me, della mia vita, dei miei genitori. È proprio un grande!

Rossana è uscita per ultima, da sola, guardandosi attorno in modo sospetto. Non so se stesse cercando me o se faccia sempre così. Aveva lo stesso identico sguardo indecifrabile di qualche giorno fa davanti al suo ristorante. Quando mi ha visto però, ha fatto un sorrisone e si è fermata sull'ultimo gradino. Come desiderasse farsi raggiungere da me. C'era un gran sole, lei ha tirato fuori dalla borsa un paio di occhiali scuri e se li è infilati.

Wow! Stava da Dio.

Un po' titubante, le ho proposto di mangiarci un gelato.

«Uhm, adoro il gelato».

L'ho preso per un sì e presto ci siamo ritrovati con un megacono seduti sulle panchine di piazza Argentina.

«Non hai fretta oggi?» mi è venuto spontaneo di chiederle. Tutte le volte che l'avevo vista andava sempre di corsa, mi faceva strano che potesse starsene lì seduta tranquilla con me.

«Il mercoledì tocca a mia sorella».

«Al ristorante?»

«No al bar».

Non sapevo di che bar stesse parlando, ma ho preferito non chiederle niente e ho continuato a leccare il mio cono. Di solito quando apro bocca con lei faccio casini. Meglio essere prudenti.

«A proposito, neanch'io so come ti chiami» se ne è uscita lei poco dopo, voltandosi verso di me.

«Toto».

«Toto?»

«Be', a dire il vero mi chiamo Antonio, ma i miei amici mi chiamano Toto».

«Carino, suona quasi cinese...»

E io sono scoppiato a ridere. Lei no.

Siamo stati più o meno un'ora a chiacchierare seduti su quella panchina e finalmente sono riuscito a sapere qualcosa in più di lei.

È cinese (difficile avere dubbi), ha la mia stessa età e fa la quarta liceo (lo sapevo già), abita nella *Chinatown* di via Paolo Sarpi (caspiterina, una sorpresa!), ha una sorella più piccola e un fratello più grande (di cui mi sembra non abbia nessuna intenzione di parlare, visto che ha dribblato ogni mia domanda al riguardo). Dopo la scuola lavora al bar di suo padre e la sera al ristorante di suo zio, il signore anziano che avevo visto pulire il locale di pomeriggio (l'uomo con la faccia dei cattivi dei film, ma questo me lo sono tenuto per me).

Di tutto quello che mi ha raccontato, ciò che mi ha più stupito non è stato tanto il contenuto, ma l'italiano perfetto. Sfido io, si era dimenticata di dirmi che a scuola ha la media del nove e dieci in latino. Dico, dieci in latino! È un mostro.

«Non capisco perché tu ti stupisca del mio italiano, visto che sono nata a Milano. Come dovrei parlare secondo te?» mi ha chiesto seccata quando gliel'ho fatto notare. Aveva una faccia... E io che pensavo di farle un complimento.

Già, come avrebbe dovuto parlare una che si chiama Rossana? Una che si chiama Rossana, è nata a Milano come me e in più è così tremendamente carina.

Mercoledì

Oggi pomeriggio sono andato di nuovo a prenderla al bar alla fine del suo turno e l'ho accompagnata per un pezzo verso il ristorante.

«Perché non vuoi che mi vedano?» le ho chiesto lungo il tragitto in metro.

Non sono stupido: mi sono accorto che ogni volta che andiamo in un posto dove qualcuno potrebbe conoscerla, lei si fa sempre prendere o lasciare a una certa distanza in modo da essere sicura che non ci vedano insieme.

«Tu non capisci» mi ha freddato con la sua risposta, per poi rincarare la dose aggiungendo: «Tu *non puoi* capire».

Come dire, prendi e porta a casa e sta' pure zitto senza lamentarti.

Che rabbia quando fa così! Mi fa sentire troppo idiota.

Eppure... nonostante a volte le sue parole siano più fredde delle docce negli spogliatoi, mi piace stare con lei. In questi giorni che ci siamo visti (oddio, in queste mezz'ore che ci siamo visti dato che lei è sempre impegnata) mi sono accorto che è davvero speciale. Oltre a essere uno schianto, con Rossana si può parlare di tutto; praticamente ogni argomento che ha studiato a scuola le è rimasto stampato in testa. Quando le chiedo: «Scusa ma come fai a saperlo?», di solito mi risponde: «L'ho studiato alle elementari!». È incredibile, io a momenti non ricordo quello che ho studiato per l'ultima interrogazione!

Di Rossana mi piace tantissimo che ascolta con attenzione ciò che dico, lo prende sul serio e i suoi commenti non sono mai banali. Mi interessano, anche perché è come se ci pensasse due volte prima di parlare e quando le parole le escono di bocca hanno sempre un peso. Con lei sono riuscito a tirare fuori anche questioni molto personali, pensieri che finora mi ero tenuto solo per me. Le ho persino confessato che darei la vita per diventare un calciatore famoso, ma che ho paura di essere troppo basso per fare carriera.

Quanto mi è costato dirlo!

Lei non è un'ochetta insopportabile, come alcune che conosco, di quelle che si preoccupano solo di trucchi, discoteca, borse firmate, gossip e vacanze glamour. Anni luce lontane da Rossana. Non riesco a credere che possa esistere una ragazza così. E che l'abbia incontrata io.

A volte però mi chiedo chi sia davvero fuori dal mondo: Rossana o loro?

Venerdì

«Secondo me sei uscito di testa» è stato il commento di Cecio quando gli ho raccontato quello che mi sta succedendo. È il mio miglior amico, ma fino a ora avevo evitato di condividere con lui troppo: un po' mi vergognavo di quello che mi sta capitando, un po' temevo non capisse.

Ora sa proprio tutto.

«Secondo me sei uscito di testa».

Può darsi che lui abbia ragione, non escludo di essere uscito di testa; ma non ne sono così convinto.

«Proprio con una cinese dovevi metterti?» gli è scappato di bocca mentre andavamo in moto agli allenamenti ed era già tardi.

«Non mi sono messo con nessuna».

«Mah, sarà... allora proprio per una cinese dovevi perdere la testa?»

«Cos'hai detto?»

Quando ha ripetuto quella stronzata mi sono quasi buttato giù dal sellino. L'ho costretto a fermarsi in mezzo alla strada, a momenti cadevamo in due.

«Vaffanculo, io vengo a piedi».

«Oh, Toto, ma che ti prende? Non ti si può più dire niente?»

Già, che mi sta prendendo?

Lunedì

Via Paolo Sarpi, *Chinatown*. Un universo dentro Milano, riparato e sconosciuto ai più.

O meglio, dipende: puoi decidere di passeggiarci distratto guardando i negozi, notando solo ciò che appare in vetrina e soprattutto quello che la gente di qui vuole far vedere, oppure puoi provare ad attraversarlo prestando attenzione ai volti, alle persone, ai traffici nei retrobottega e solo allora, forse, riesci ad accorgerti di essere capitato quasi in un altro mondo.

Un mondo di usi e riti non familiari, di gesti sconosciuti, di sguardi per lo più sospettosi verso chi non è cinese. Un mondo scandito da una lingua incomprensibile e suoni inaspettati. Porte che improvvisamente si chiudono, tende che si scostano, persone che si ritirano e spariscono. Esiste come un sottile e invisibile limite che, se superato, è capace di trasformare all'istante i sorrisi in occhiate minacciose, la naturale gentilezza del negoziante in ostilità aperta verso una curiosità che non viene apprezzata, piuttosto temuta con sospetto e tenuta lontana.

L'ho capito bene oggi pomeriggio, perché ci ho passato quasi due ore, mentre aspettavo che Ross finisse il turno al bar. Ho camminato da solo da cima a fondo per tre volte: ero curioso, desideravo frequentare il suo ambiente, respirare la stessa aria che respira lei ogni giorno, condividere i volti della gente. Eppure mi sono sentito a disagio, non riuscivo a togliermi di dosso l'impressione che stessi violando qualcosa di riservato, che stessi quasi compiendo un reato. Forse adesso sto davvero iniziando a capire perché Rossana non vuole assolutamente farsi vedere con me in zona.

Quando più tardi gliene ho parlato accompagnandola al ristorante, non si è stupita delle mie conclusioni. Soprattutto è stata più esplicita che mai.

«Il più grande dispiacere che potrei dare ai miei genitori è portare a casa un ragazzo italiano».

A quelle parole sono rimasto incredulo, non pensavo fosse possibile. Forse avevo sentito male.

«Ma scusa, tu non sei italiana?»

Mi aspettavo che se ne uscisse col solito "tu non puoi capire!", ma questa volta mi ha dato una risposta diversa, più triste.

«Tu credi e così è scritto anche sul mio atto di nascita. In realtà io sono nata in Italia, però per tutti resto solo una straniera, una cinese e basta».

Per la prima volta ho visto i suoi occhi sottili inumidirsi di lacrime. No, non ha pianto, sono solo diventati due fessure piccole piccole. Non credo si sia mai fatta vedere piangere da qualcuno, nemmeno da bambina, secondo me. O forse lo faceva di nascosto quando era sicura che non ci fosse nessuno in giro. Chissà se i bambini cinesi piangono, poi. Magari li abituano a non farlo fin da quando sono piccoli perché potrebbe sembrare un segno di debolezza. Un giorno che è in buona devo ricordarmi di chiederglielo, anche se sospetto che mi dirà "ma credi che siamo dei marziani?", e scuoterà la testa in segno di disapprovazione, come fa tutte le volte che secondo lei faccio delle domande idiote. Soprattutto sui cinesi.

«Sicura di non aver esagerato quando parlavi della storia del ragazzo italiano?»

Poco dopo ho provato a ritornare sulla questione ragazzo-ragazza, non volevo lasciarla cadere visto che in qualche modo poteva riguardarmi.

Una specie di ultimo tentativo, ma la sua reazione è stata identica. Stessa risposta e soprattutto stessa chiusura, se non ancora più grande.

Temo sia davvero un argomento tabù e che io non possa farci niente.

Non so proprio che pensare: faccio davvero fatica a credere che ci siano ancora in giro così tanti pregiudizi e, soprattutto, nella direzione contraria a quella che mi aspettavo. È pazzesco!

Rossana non si sente straniera in Italia, si sente straniera in via Paolo Sarpi, che in teoria dovrebbe essere casa sua. Se è così, è tutto ribaltato, un mondo alla rovescia. Mi è anche venuto il dubbio che sia lei a esagerare, o che magari sia solo la sua famiglia a essere così chiusa. In fin dei conti io so solamente quello che mi dice e come lei vede le cose. Ma per me farebbe poi tanta differenza?

Almeno ora mi è un po' più chiaro come mai l'ho vista così spaventata quando qualche giorno fa le ho anticipato che sarei andato a fare un giro in via Paolo Sarpi, perché volevo conoscere meglio l'ambiente in cui vive.

«Per favore però, passa quando io non ci sono. Ti prego. Non mettermi nei casini coi miei».

Così mi ha detto. E mi sono subito accorto che le tremava un po' la voce.

È stata anche la prima volta che l'ho sentita dire: "ti prego".

Lunedì

È già un mese che ci vediamo, mi piace un casino stare con Rossana. Anche lei è contenta, ne sono strasicuro. Magari non lo dice apertamente quando siamo insieme perché, specie in queste cose, è riservatissima, ma me lo fa capire ugualmente. Il modo in cui mi parla, mi tratta, e i messaggi che mi invia sono molto chiari.

"6 la cosa più bella ke mi è successa nella vita. Ancora non ci posso credere!"

Non mi sembra lasci molti dubbi. Ogni tanto me lo rileggo e mi emoziono.

Sarebbe tutto perfetto se non si mettesse di mezzo una sua frase ricorrente che ho imparato a detestare con tutto il cuore: non ho tempo.

Non ho tempo è la sua risposta tipica quando le chiedo di restare ancora un po' con me: e invece lei deve sempre scappare via mollandomi come un pirla in giro per Milano. Ormai sono un campione del bidone a metà appuntamento. Non le propongo neanche più di andare al cinema perché non siamo ancora riusciti a finire un film, deve sempre uscire prima.

Sfido io! Come fa ad avere tempo? La mattina va a scuola e guai a bigiare qualche ora, poi corre di filata al bar in quel posto in culo al mondo e tutte le sere deve servire fino a tardi al ristorante. Praticamente si riduce a studiare di notte, e credo che ne passi di ore sui libri, visti i risultati che porta a casa! Non esce con le amiche neanche il sabato e la domenica (lavora, ovviamente) e l'unico pomeriggio che ha libero è il mercoledì. Sfiga ha voluto che è proprio il giorno dei miei allenamenti, mercoledì alle cinque. Siamo praticamente incompatibili. No questa voglio cancellarla, porta male.

Già, gli allenamenti... soprattutto in questo periodo non posso permettermi di trascurarli; il primo posto in classifica è così vicino che il Mister ci tiene tantissimo alla nostra presenza e non tollera neanche il minimo ritardo. Ormai ne siamo convinti anche noi: possiamo arrivare primi, basta solo vincere le prossime partite, anche se saranno le più dure.

«Dovete metterci la testa» ci ripete ogni giorno il Mister. «Non solo le gambe». E io la testa voglio mettercela tutta, ha ragione lui. Non dobbiamo perdere questa occasione unica. Non lo voglio davvero.

Forse anch'io dovrei iniziare a dire a Rossana che non ho tempo e pensare di più al campionato. Ma se faccio così va a finire che non ci vediamo più e a me piace troppo stare con lei. È che dura sempre troppo poco.

Come cantavano gli Zero Assoluto?

Durasse almeno mezz'ora...

Chi l'avrebbe mai detto che mi sarebbero tornati in mente stasera?

Mercoledì

Oggi pomeriggio eravamo in uno dei nostri soliti infiniti tragitti in metropolitana in cui praticamente attraversiamo la città sottoterra. Ormai conosco la sequenza delle fermate a memoria... potrei quasi guidarlo io il treno. Tutto sommato mi piace che questo luogo così comune sia diventato per noi speciale, degno di una storia originale come la nostra. Ben altro che la solita banalità di discoteca e pub.

Lei ha chiuso gli occhi un attimo e mi ha fatto *sttt* portandosi l'indice destro davanti alle labbra.

«La senti?»

«Cosa?»

«Chiudi gli occhi e sgombera la mente. La senti adesso?»

Io a dire il vero sentivo solo l'MP3 del mio vicino, che mandava una pallosissima canzone coperta di tanto in tanto dal rumore stridulo dei freni sulle rotaie.

«La vita, la vita che scorre sopra di noi. Prova ad ascoltarla...»

Quando fa così, Ross mi fa impazzire. I primi tempi pensavo scherzasse, poi ho imparato a capire che è serissima. Mi affascina e mi turba.

«Pensa: noi siamo qui nel treno e solo pochi metri sopra i taxi sono in coda verso la stazione, i bambini giocano a nascondino nei cortili, c'è chi dorme e chi fa la spesa, chi nasce e chi muore. Solo che non li possiamo vedere. E loro non sanno che noi scivoliamo veloci nel buio sotto i loro piedi. È come se ognuno stesse vivendo la propria vita all'oscuro degli altri. A te non capita mai di sentirti schiacciato dalla realtà, di aver bisogno di spazi di aria aperta in cui poter respirare libero? Non vorresti che qualcuno sapesse di te più di quanto tu riesca a sapere di te stesso?»

Io l'ascoltavo e stavo zitto, affascinato da quelle parole.

Alle sue domande spesso non riesco a trovare risposta, ma non mi lasciano mai indifferente, mi fanno riflettere. Magari mi accorgo che alcune inquietudini e questioni sono anche le mie, ma non sono mai riuscito a formularle in quel modo.

Così ho provato a chiudere gli occhi e per un istante mi è sembrato di sentire davvero la città che viveva sopra di noi. Solo per un istante, perché poi mi sono distratto: finita la canzone pallosa del vicino è iniziata *Vorrei* di Cesare Cremonini. Pensavo non l'ascoltasse più nessuno, ma a me fa ancora impazzire. Così ho iniziato a canticchiarla fra me e me.

Vorrei, vorrei, esaudire tutti i sogni tuoi...

Giovedì

In questo periodo Rossana deve essere più in vena del solito perché oggi si è sentita di raccontarmi addirittura del suo lavoro al bar e di quello che le succede lì. Senza che io le chiedessi niente! Finora era stato un argomento assolutamente top secret.

Adesso ho capito perché non era mai scesa nei particolari. Pensavo fosse solo colpa della sua inguaribile timidezza e invece credo non volesse farmi preoccupare.

Mentre raccontava, con assoluta naturalezza, io non riuscivo a credere alle sue parole. Ho sentito crescere in me una rabbia pazzesca che mi ha messo dentro la voglia di spaccare il mondo. Mi sono trattenuto però, spero di non averlo dato troppo a vedere.

Innanzitutto ho scoperto che, siccome parlano malissimo l'italiano, i suoi appena possono se ne vanno. Eh già, poverini, non riescono a capire i clienti dopo vent'anni che sono in Italia... e intanto lei si ammazza di fatica! Così il pomeriggio la lasciano quasi sempre sola a lavorare, quando invece potremmo stare insieme. Suo fratello, visto che è un maschio, è autorizzato a lavorare meno di lei. Anzi, a non fare assolutamente nulla.

«È tradizione, succede in moltissime famiglie cinesi» ha commentato rassegnata Ross.

Lei per prima sembra convinta che questa disparità di trattamento sia giusta, oltretutto lui è anche più grande di due anni.

Sarà anche suo fratello, ma proprio non mi piace: l'ho incrociato per strada una volta sola e da lontano, ma mi è bastato per scoprire la sua faccia da furbo...

Ross mi ha subito allontanato, anche per non farmi scoprire, ma ho fatto in tempo a vedere come si atteggia a bullo del quartiere. Proprio il tipo che non sopporto.

«Toto, non sai quante volte entrano dei cretini che credono di potersi approfittare del fatto che sono giovane, sola e soprattutto cinese!» ecco la parte più dolorosa del racconto. Quella che avrei preferito evitare.

«Scusa, a cosa ti riferisci?» ho chiesto sbalordito, ma sapevo benissimo la risposta.

«Ma sì, non ti preoccupare, sono i tipici cani che abbaiano e non mordono! Guarda, ormai sono capace di riconoscerli appena spingono la porta del bar. Sono tutti uguali, fatti con gli stampini. Si avvicinano lenti al bancone e iniziano a fare dei sorrisini scemi guardandosi intorno. Io ho imparato che a questi tipi non devi mai, mai chiedere cosa vogliono, come faresti con i normali clienti. Sarebbe come innescare una bomba, direbbero subito delle porcherie tremende. Non aspettano altro da una donna. Io così sto zitta e faccio finta che non ci siano, senza dargli corda: lavo i bicchieri o pulisco la griglia dei panini o cambio stazione alla radio. Non li guardo neanche in faccia, ma li tengo sotto osservazione con la coda dell'occhio. Se ordinano qualcosa li servo e non commento e se stanno zitti non li considero. Di solito basta fare così per scoraggiarli, ronzano un po' intorno al bancone, poi visto che non ottengono niente se ne vanno. Qualcuno più stupido invece insiste e allora arriva a propormi dei soldi per avere dei massaggi nel retro del bar... Hanno così poca fantasia certi maschi!»

Mentre Ross parlava ho sentito il sangue ribollirmi dentro: dei massaggi...

«Ho una tattica supersperimentata: innanzitutto, molto educatamente, faccio presente che il mio è un bar e che la città è piena di centri massaggi. Possono trovarne per tutti i gusti: cinesi, tailandesi, giapponesi, tutto quello che vogliono. Poi mi allontano un po' da loro, prendo in mano il telefono e li minaccio, ad alta voce: secondo me hai sbagliato posto – grido – se non smammi entro due secondi chiamo la polizia! Ti assicuro che è sufficiente. Si spaventano come dei conigli. Al massimo mi urlano dietro qualche parolaccia uscendo, ma chi se ne frega!»

Io avevo i brividi solo a sentirla raccontare e a pensarla sola nell'affrontare quei tipi.

Ross è proprio una dura, a volte mi fa quasi paura. Speriamo faccia lo stesso effetto anche su quei bavosi. Comunque io sull'argomento bar preferirei non tornarci più.

Venerdì

«Sai cosa non sopporto?»

Stavamo andando alla videoteca vicino al Volta per restituire il film che i miei hanno preso ieri sera e mi sono fermato a guardarla in faccia, sorpreso. Mi piace che abbia iniziato a confidarsi con me.

Lei che era abituata a dire sempre che va tutto bene, che non c'è nessun problema o, al massimo, se ne usciva col suo "la vita è difficile", che dice tutto e niente.

«Sai cosa non sopporto?» ha ripreso. «Non sopporto quando mi chiamano Cina!»

Caspita, è stata la prima volta che è entrata da sola nell'argomento.

«Be', dai, sempre meglio che sentirti dare del muso giallo!»

«Perché: avrei il muso giallo, io?»

Ho sentito la sirena dell'allarme suonarmi nelle orecchie, così ho cercato di recuperare.

«Mah, fosse per me ti chiamerei muso bellissimo!» e mi sono accostato per darle un bacio, ma lei si è scansata. Lo fa spesso. È come se si vergognasse della mia vicinanza, soprattutto quando siamo in pubblico, in giro per strada.

«Scusa, ma chi ti ha mai chiamato Cina?» le ho chiesto riprendendo il discorso che non volevo lasciar cadere, sebbene avessi fatto lo scemo con la battutaccia sui musi gialli.

«Se ti faccio l'elenco facciamo notte! Odio quando fanno così».

«Ma *chi* fa così?»

«*Tutti!* Tutti quelli che non sanno come mi chiamo, la prima volta che si rivolgono a me mi fanno: 'Ehi, Cina!'. A scuola, al bar, per strada...»

«Non tutti! Io no, non l'ho mai fatto. Devi ammetterlo».

«OK, ma tu non sei tutti, tu sei speciale».

Davvero diceva a me? In realtà è lei che mi fa sentire speciale.

«E tu come reagisci?» ho chiesto, curioso di sentire come se la cava.

«Di solito faccio finta di niente. Se però è una giornata storta e mi beccano che sono già nervosa digrigno i denti e dico, molto lentamente e scandendo bene le parole: 'NON-CHIAMARMI-CINA!' Ci sta, no?»

Certo che ci sta. Ci sta tutta, Ross.

Lunedì

Non credevo ne saremmo mai stati capaci, sembrava impossibile che potesse accadere davvero. E invece oggi è successo, le stelle si sono perfettamente allineate e ce l'abbiamo fatta. Io sono riuscito a liberarmi il pomeriggio: niente allenamento, niente ripetizioni, compiti già fatti in anticipo. Ross ha convinto la sorella a sostituirla nei suoi turni di lavoro e deve proprio aver trovato una buona scusa: potrebbe averla addirittura pagata di nascosto! Così, dopo scuola, siamo corsi in Stazione Centrale e siamo saltati sul primo regionale in partenza. Senza guardare dove fosse diretto: lo giuro! È stato il destino a scegliere di portarci a Bergamo. Io c'ero già stato due volte, una con la squadra (ricordo che avevamo pareggiato e io mi ero infuriato di brutto per quella mancata vittoria contro un pugno di schiappe!) e una con i miei genitori a cena con i colleghi di papà (mi ci hanno trascinato a forza, due palle di serata! Meno male che almeno il ristorante era superfigo e il cibo stratosferico). Per Rossana era invece una città nuova.

Mentre salivamo con la cremagliera verso Bergamo Alta, i suoi occhi guardavano fuori dai vetri, estasiati. La città sotto di noi diventava sempre più piccola e noi ci sentivamo come due angeli in volo sopra di lei.

«Bellissimo, vero?»

«Vero» mi ha risposto. Poi, dopo una lunga pausa, ha aggiunto: «Ancora non posso crederci».

«A cosa?» le ho sussurato.

Speravo tanto in una certa risposta...

«Di essere qui con te».

Bingo! A questo punto l'ho stretta forte in un abbraccio e davvero mi è sembrato di volare. Che sensazione! Poche altre volte in vita mia ho provato qualcosa di simile, forse quando ho sollevato la coppa dell'ultimo torneo primaverile... ma questo è meglio che non glielo dica mai, non sono sicuro che potrebbe capire.

Il brusco arrivo sulla piattaforma in alto mi ha costretto a lasciarla e a ritornare coi piedi per terra. Accidenti, proprio mentre stavo per baciarla. Eravamo soli e il posto era perfetto.

«Seguimi» le ho detto prendendola per mano. Andavo veloce perché volevo portarla subito nella piazza principale attraversando i vicoli caratteristici, antichi e stretti.

Nonostante ci fossero tantissimi negozi che sicuramente le piacevano, Ross non ha mai chiesto di fermarsi e mi ha seguito curiosa, facendosi semmai un po' trascinare.

«È bellissimo qui» ripeteva guardandosi intorno. Come una bambina in un negozio di giocattoli. La adoro, quando fa così.

Arrivati in piazza, ha insistito per sedersi sui gradini davanti alla Cattedrale.

«Bel posto, un gran bel posto» continuava a ripetere tra sé e sé.

Sarà stato il sole che batteva sulle pietre o la presenza di Ross accanto a me, ma quella piazza non mi aveva fatto lo stesso effetto le altre volte che c'ero passato.

Poi si è rivolta a me direttamente.

«Tu ci credi in Dio, Toto?»

Incredibile Ross, quando meno te l'aspetti ti spara delle domande bomba, con assoluta naturalezza. Come se chiedesse "hai una cicca?" o "che ore si sono fatte?".

«Sì, ci credo. Ma perché me lo chiedi?»

«Così. Io ci penso spesso. A Dio, intendo. Soprattutto quando sono sorpresa da qualcosa di veramente bello, come questo posto, o come questo momento con te. Mi hanno insegnato che bisogna lavorare duro, impegnarsi a testa bassa e alla fine riuscire in qualche cosa, quasi non importa cosa. Tutto qui: riuscire, farcela. Che poi alla fine mi sembra voglia sempre dire fare i soldi. Io mi chiedo: qual è il senso di tutto questo lavoro? Non mi bastano i soldi, se mai li farò; voglio qualcosa di più per me, qualcosa di vero. Quando, da sola, sciacquo i bicchieri al bar, mi perdo spesso dentro questi pensieri, sento crescere delle domande che non hanno ancora risposta. Ti ho mai parlato di Anna?»

Di lei sapevo che era la sua migliore amica, che era l'unica con cui a volte studiava assieme, ma nulla più. Ma che c'entrava?

«Anna m'incuriosisce e mi stupisce al tempo stesso. L'ammiro perché è sempre dentro quello che fa, capisci cosa intendo? Mi dice che c'entra con il gruppo che frequenta e loro credono in Dio. Non fare quella faccia: pregano e vanno in chiesa, ma soprattutto escono insieme, si aiutano nello studio, vanno via in vacanza e si divertono. Non capisco bene quello che fanno e cosa ci sia di diverso, ma è come se avessero una motivazione, un'energia che va al di là dei loro piccoli obiettivi».

Sì, anche se capivo benissimo che cosa intendeva, ho preferito farmelo spiegare meglio. Mi piaceva un sacco la passione con cui parlava.

«Come faccio a dirtelo? È come se per lei ogni cosa che fa o che succede è importante, dice sempre che ogni momento della nostra vita va vissuto fino in fondo, con intensità. Ed è capace di gustarsi anche ogni più piccolo particolare della sua giornata. Perfino a tavola, o quando va in giro per shopping, lo fa in un modo diverso. Quando le dico che la vita è difficile, lei aggiunge sempre: sì hai ragione, ma è anche una figata! Ecco, anch'io vorrei pensarla nello stesso modo, vorrei avere quel tipo di ottimismo che non appare né facile né stupido, ma mi sento così lontana...»

Se è davvero questo credere in Dio, forse non ci credo abbastanza, ho concluso tra me e me; ma non ho detto niente, perché affrontare queste cose mi mette in difficoltà. Non so neanch'io esattamente perché, forse perché non lo fa mai nessuno. Però mi piace che Ross me ne parli.

Il discorso sembrava per il momento terminato e, siccome da un bel po' eravamo fermi, ho fatto per alzarmi. «Ci facciamo un gelato da *La Camilla*?» le ho proposto.

Rossana mi ha guardato con un punto interrogativo stampato sulla faccia.

«Non conosci *La Camilla*?» ho voluto fare il figo. Certo che non poteva conoscerla, non era mai stata lì! «È la pasticceria più famosa del posto, la conoscono tutti! Solo che da qui non ricordo bene come si faccia ad arrivarci».

Così ho fermato un paio di persone, una dietro l'altra, chiedendo dove fosse questa famosissima *Camilla*. Dopo aver ricevuto solo sguardi sbigottiti, come se fossi pazzo, e nessuna indicazione, ho iniziato ad avere qualche dubbio. Rossana faceva finta di niente e guardava in giro, ma sulla sua faccia era affiorato un sorrisino strano. Alla terza richiesta di informazioni sono stato colpito e affondato.

«*La Camilla*? Ragazzo, sicuro non sia *La Marianna*?» ha insinuato una maledetta cicciona con le borse della spesa pesantissime.

Accidenti, era proprio *La Marianna*!

Rossana intanto se la rideva apertamente, poi le è scappato un: «Sei troppo forte! Mi fai morire...». Così ho trovato il coraggio di riderci sopra anch'io e ho evitato di fare il permaloso, che in realtà mi riesce benissimo.

«Comunque secondo me aveva più la faccia da Camilla che da Marianna» ha commentato con autorevolezza Ross uscendo dalla pasticceria con il cono in mano. Non potevo che essere stradaccordo.

«Bellissimo essere qui con te» mentre passeggiavamo ho voluto riprendere la frase che avevo sentito da lei appena arrivati. Adesso la sentivo davvero mia.

«Proprio così» ha aggiunto Ross. «Sembra incredibile».

«Ma invece è reale».

Non l'avessi mai detto!

«No, non è reale, Toto».

Da stupido mi aspettavo che lei aggiungesse qualcosa

di super romantico tipo: "è un sogno, è una favola, con te sto da Dio, mi fai sentire una principessa, *you make me feel good...*".

E invece mi ha freddato.

«Sveglia Toto, questa non è la vita. Almeno non la mia! Lo sai anche tu».

È incredibile come Ross sia capace di questi sbalzi improvvisi, bruschi cambi di umore del tutto ingiustificati che non riesco ancora a prevedere.

E non ce l'ho fatta: mi sono ribellato. Per la prima volta, forse, non mi sono contenuto e l'ho affrontata direttamente: «Adesso devi spiegarmi, come può non essere reale se ci siamo io e te» e mi sono fermato in mezzo alla strada. Come un bambino capriccioso che si impunta e non vuole più proseguire, finché non lo accontentano.

Ross non ha fatto una piega, si è fermata anche lei, poi guardandomi negli occhi mi ha detto con quel misto di durezza e tenerezza che solo lei sa avere: «Vorrei tanto che lo fosse, ma è solo un'illusione».

Ho capito che avevo due scelte: o incazzarmi di brutto e mollarla lì, tornandomene indietro da solo (si lo so, un po' da bastardo. Ma almeno qui posso dire di esserne stato tentato) o risponderle con decisione, per ribadire che lei aveva torto e io ragione: «Io proprio non ti capisco, Ross. Siamo qui io e te, stiamo bene insieme, il posto è splendido, cosa ti manca per dire che tutto questo è reale? Prova per un attimo a pensare a quello che succede tra noi, piuttosto che a quello che ti gira in testa. Prova per un momento solo a esserci anche tu in quello che fai, come dicevi di Anna. Puoi davvero dire che il mio abbraccio è un'illusione?».

Così l'ho stretta a me, non sapendo come avrebbe reagito.

Anche lei mi ha stretto forte, poi ha sussurrato: «No, non è un'illusione. Scusami».

Forse per la prima volta, mi sono sentito uomo. Sebbene a volte mi chieda perché deve essere tutto così complicato.

Martedì

Mi piace quando Rossana mi racconta della sua vita, ogni giorno che passa scopro scorci diversi di un mondo che solo qualche mese fa non immaginavo neanche. Rispetto ai primi tempi si sottrae sempre meno, anzi mi sembra che adesso le faccia piacere parlare e raccontarsi. Non credo abbia molte altre occasioni per farlo.

Prima per me i cinesi erano tutti uguali, ora la loro fisionomia mi è diventata molto più familiare. Sono certo che sarei capace di riconoscere Rossana in mezzo a una folla di mille altre ragazze cinesi vestite nello stesso modo.

«Per molti cinesi anche gli italiani sembrano tutti uguali, non ti credere...» mi ha confessato lei ieri. Cavolo, proprio non me l'aspettavo.

Fortuna che poi ha subito aggiunto: «Non capisco come sia possibile... E soprattutto come qualcuno possa pensare che tu sia uguale a un altro».

Fiuuuu!

Ho un desiderio che non si è ancora realizzato: vorrei tanto andare a casa sua, farmi un'idea più precisa di dove e come vive, ma non me lo permette. Gliel'ho chiesto più di una volta, ho anche insistito, ma finora ho sempre ricevuto come risposta un secco "non se ne parla nemmeno", che non mi sembra lasci aperte molte possibilità. Pensavo però fosse solo per la storia che i suoi non dovevano sapere che ci vediamo e tutte quelle menate lì.

«Le nostre case non possono piacerti» se ne è uscita oggi.

L'ha fatto senza che fossimo in argomento, stavamo passeggiando in corso Buenos Aires a caccia di una maglietta per lei e io avevo appena finito di raccontarle di come sta andando la squadra; si vede che era un po' che ci pensava e aspettava solo il momento giusto per dirmelo.

«E tu come fai a saperlo che non possono piacermi? Cos'avranno mai di così diverso?»

Non ho fatto in tempo a finire la frase che già aveva accelerato il passo, sbuffando.

«Dai vieni con me! Sennò non capirai mai...»

Non potevo crederci! Forse aveva deciso di portarmi di nascosto a casa sua. E invece mi invita a entrare con lei in un negozio cinese. Territorio *off limits* comunque!

Eravamo molto lontani dalla sua zona, credo abbia osato anche per questo: era ragionevolmente sicura che nessuno la potesse riconoscere. E comunque mi ha tenuto lo stesso a debita distanza, niente mano nella mano, lontani abbastanza da essere semplici conoscenti o persino sconosciuti.

«Guardati intorno, poi mi dici» mi ha sussurrato appena prima di entrare. Poi, una volta dentro, ha fatto finta di cercare qualcosa, frugare fra gli scaffali, girare un po' a caso, prima di farmi uscire, a un suo cenno, dietro di lei.

«Adesso hai capito perché non ti porto a casa?»

No. Francamente non avevo capito niente, men che meno cosa c'entrasse quel negozio pieno di cianfrusaglie con casa sua.

«Capisci?» ha ripetuto come se tutto fosse già chiaro,

come se non servisse nessuna spiegazione. La mia faccia però deve aver parlato al mio posto, visto che ha continuato, senza che chiedessi nulla. «Casa mia è un po' come quel negozio: oggetti accatastati, disordine... Praticamente è un gran casino. Non è come per voi che ci tenete ai mobili, alle tende, agli accostamenti di colori. Anche per te sarebbe inconcepibile tenere le stanze come le teniamo noi, te lo assicuro».

A dire il vero ho pensato che anche la mia camera in fondo era molto simile a quel negozio e che mamma dice sempre che è un casino inaccettabile, ma non mi sembrava una gran tragedia, però ho preferito starmene zitto. Sull'argomento casa devo proprio rassegnarmi, Ross è stata categorica.

«Ecco perché non metterai mai piede in casa mia: perché mi vergogno».

Accidenti, non si deve affatto stare bene in una casa di cui ci si vergogna. Non pensavo si trattasse di questo.

MERCOLEDÌ – MATTINA

Mentre preparavo la colazione è arrivata una chiamata dal Mister, faceva tutto il mister...ioso. Mi ha convocato per oggi in sede, da solo, e io sono agitatissimo; praticamente non riesco a pensare ad altro. Mi tremano persino le mani e ho rovesciato il cartoccio del latte due volte!

Devo passare subito dopo scuola, prima dell'allenamento, soprattutto prima che arrivino gli altri compagni di squadra. Ha detto che è una cosa molto importante e riservata, ma al telefono non ha voluto aggiungere una parola di più. Non so davvero cosa pensare. Sono solo riuscito a mandare un messaggio a Rossana per avvisarla che oggi pomeriggio non passerò a prenderla, e che è per una notizia bomba che riguarda la squadra.

“Non importa, mia sorella ha la febbre. gg mi tocca il bar. Baci”

Adesso volo a scuola, che sono in megaritardo! So già che le ore non passeranno più; vorrei fossero già le due.

Mercoledì – tardo pm

Che pomeriggio! Il più bello della mia vita. Sono stragasato!

Non lo sapeva nessuno (nemmeno il Mister, me l’ha giurato!), ma domenica scorsa in tribuna c’erano degli osservatori sportivi dalla Svizzera. Il Mister mi ha detto che mi hanno notato e che vogliono parlarmi con urgenza fintanto che sono in zona. Secondo lui potrebbero avere in mente di farmi una proposta molto seria di cui però non ha voluto accennare niente. Ho anche provato a strappargli qualche indizio e a farlo parlare un po’ di più, ma proprio non ha voluto anticipare nulla. Muto come un pesce. Ma io lo conosco troppo bene: i suoi sorrisini e certe allusioni mi fanno pensare a qualcosa di grosso. È un grande, il mio Mister: secondo me non ha parlato un po’ per scaramanzia e un po’ per correttezza. Ci tiene molto a rispettare una certa forma, soprattutto con i genitori. Prima di organizzare una convocazione ufficiale voleva sapere da me che ne pensavo e ha chiesto, appena possibile, di parlare anche con mio padre, ovviamente.

Come cosa ne penso? Sono stragasaaaato! Non riesco a pensare ad altro. Ma ora è meglio che provi a calmarmi, sennò inizio a girarmi il mio film in testa e poi rischio di restarci malissimo se le cose non vanno come me le sono immaginate.

Calmo, calmo, calmo. Devo restare calmo.

Meglio andare subito a correre al parco e fare una bella sudata, finché la maglia non è tutta pezzata. Tanto, di studiare, adesso non se ne parla.

Venerdì – sera

Finalmente questa sera dopo cena abbiamo avuto il tanto atteso incontro. Non sto pensando ad altro da quando mi ha chiamato il Mister. Così ci siamo ritrovati in quattro nella sede della Società: io, mio padre, il Mister e l'osservatore dello Zurigo. Sì, il misterioso individuo è un dirigente dello Zurigo ed è venuto in Italia a trovare i suoi parenti. Già che era qua, ha guardato la classifica del nostro girone e ha deciso di venirci a osservare domenica scorsa. Stanno cercando due nuovi giovani per completare la squadra del prossimo anno e... destino ha voluto che giocassimo non lontano dal luogo in cui si trovava e che stravincessimo pure, facendo il tanto desiderato sorpasso. Incredibile, è stata proprio la partita in cui ho sentito di dare il meglio!

Non l'avevo fatto per lui (come avrei potuto? Nemmeno sapevo che esisteva), quanto per una certa ragazza che di nascosto mi era venuta a vedere in tribuna e che è scappata via prima della fine, per colpa di quel maledetto ristorante. O forse anche un po' per la vergogna che prova nel farsi vedere dai miei compagni. Non immagina nemmeno quanto io sia fiero che sta con me...

Comunque, quell'osservatore è un tipo deciso e si

muove in fretta. Senza perdere tempo, nei giorni scorsi si è consultato coi supermanager della squadra e ha preparato una specie di proposta per noi, anzi per me: un ingaggio di tre anni nella primavera dello Zurigo e poi se va bene... la prima squadra! Intanto mi vorrebbero da subito e mi pagherebbero anche. Settecento euro al mese, più o meno. Ovviamente sistemazione e studi in Svizzera a loro carico.

Siamo rimasti tutti senza fiato, neanche il Mister se l'immaginava e non gli era mai capitata una proposta così per un suo ragazzo.

Papà ovviamente si è subito preoccupato per la scuola. L'anno prossimo ho la maturità e teme che, andando via a giocare, io perda un anno. Io so che non sarà così, posso farcela sia con lo studio, sia con il calcio. In fin dei conti giocare diventa una specie di lavoro, visto che mi pagano, e Rossana mi insegna che se si crede in qualcosa, le risorse poi vengono fuori. Se papà sapesse questo di lei, di sicuro la adorerebbe!

Mi hanno offerto di studiare la mattina in un college molto buono, e poi di allenarmi il pomeriggio. Ne parleremo a casa appena mamma torna: è via per un congresso e rientra solo domani pomeriggio.

Cavolo, fosse per me sarei già in Svizzera, anzi con la testa non sono più qui.

In camera mi sono subito connesso a Google Street View e ho zoomato sulla via Lowenstrasse dove ha sede la squadra: ho visto me stesso camminarci sopra fino alle porte della Società che si spalancavano per farmi entrare. Intanto, per l'occasione, nelle orecchie Freddie Mercury mi sussurrava *It's a kind of magic*.

Solo per me.

Sabato

Oggi pomeriggio sono andato a prendere Rossana alla solita lezione di cinese del sabato, stando ben attento a non farmi notare. Mentre l'aspettavo immaginavo già le sue parole, che si sarebbero ripetute come sempre uguali: «Odio studiare cinese, sono le ore più pesanti della settimana. Più del lavoro al bar e al ristorante, mille volte più della scuola. E poi non riesco a impararlo, è una lingua difficilissima. La parlo abbastanza bene, ma leggerla è impossibile». E poi avrebbe continuato, tutto di un fiato: «Questo corso è una vera tortura, mi tocca frequentarlo fin da quando ero piccola e io mi sento tremendamente in gabbia. Se solo provassi a dire che non voglio più venirci sarebbe un tale scandalo, che non riesco neanche a pensare cosa succederebbe».

Incredibile, con lo studio riesce benissimo in tutto, è praticamente un genio in ogni materia tranne che... in cinese, soprattutto quello scritto. Eppure non può non impararlo: in casa vedono per lo più canali cinesi col satellite, ascoltano musica cinese e leggono solo i loro quotidiani in lingua.

«Ma lo sai che in Italia stampiamo giornali in mandarino due volte la settimana? Io capisco che vogliano rimanere vicini alle origini, ma a volte mi sembra che si parli quasi solo di Cina, come se il resto del mondo non esistesse! Quando capita che porto a casa il *Corriere della Sera*, i miei mi guardano storto, neanche volessi offenderli...»

"Non devi tradire il nostro sangue" è il messaggio che direttamente o indirettamente le rivolgono ogni giorno e a cui lei vorrebbe provare a sottrarsi. Ma non ce la fa.

Credo che impegnarsi a imparare bene il cinese rappresenti per i suoi genitori il modo migliore per mantenere questa appartenenza.

Forse è proprio questo il motivo del suo rifiuto: Ross ci vede solo una specie di bombardamento culturale, ma secondo me esagera.

Ho anche provato a farle capire che non avrebbe senso per lei non conoscere bene la sua lingua di origine, è comunque una parte di lei, e che potrebbe tornarle utile anche per il lavoro in futuro, ma su questo proprio non ci sente.

«Certo! Posso sempre aprire un negozio di valigie in via Paolo Sarpi. Vieni tu a farmi da commesso?» commenta ironica quando andiamo sull'argomento.

A volte è proprio una testona! E spesso piena di pregiudizi lei stessa.

Comunque oggi, non appena ho visto che era rimasta sola, le sono corso incontro e non le ho permesso di lamentarsi.

Non stavo più nella pelle, volevo darle la notizia del secolo. Della Svizzera e dell'ingaggio.

Ho faticato un casino a non dirglielo al telefono, però ci tenevo a farlo di persona, volevo vedere la faccia che faceva.

«E quando parti, allora?» è stato il suo unico commento, secco e deciso, senza nemmeno guardarmi. Senza un briciolo di partecipazione, senza neanche gasarsi un pochino!

Ormai la conosco: fa così quando sta accadendo qualcosa che non le piace, mette su una specie di corazza, una scorza dura che la possa difendere da quello che le fa paura.

Questa volta però non ce n'era bisogno, mi sembrava una notizia bellissima.

Almeno così era ai miei occhi.

«Non lo so ancora, non so nemmeno se alla fine andrò davvero, ma comunque è una figata. È ciò che ho sempre desiderato, senza confessarlo a nessuno. Be', tranne a te ovviamente... Sai, se sei un ragazzo che tira calci a un pallone e dici che vuoi diventare un calciatore professionista, ti guardano tutti con un'aria da compassione che significa 'ecco un altro illuso che crede di diventare una stella del calcio!', e allora impari a stare zitto, a far finta che non ti importi, che non ci pensi neanche, che ti basta allenarti con la tua squadra e vincere delle partitelle. Ma in cuor mio invece avrei sempre voluto diventare un asso del calcio. L'ho sognato tante volte la notte e anche di giorno, a occhi aperti. E adesso potrebbe realizzarsi, lo capisci? Proprio adesso che mi sento forte, pieno di energia. Sono certo che posso farcela. Posso finalmente diventare qualcuno».

«Eri già qualcuno. Per me» Solo questo ha detto.

E ha detto proprio *eri*, non *sei*.

Prima di allontanarsi troppo in fretta e, soprattutto, senza salutarmi.

Mancava più di un'ora all'apertura del ristorante e mi ha lasciato lì come un fesso a pensare alla differenza tra il presente e l'imperfetto.

MARTEDÌ

Da quando le ho detto di Zurigo, Rossana non si è più fatta viva. Non risponde al cellulare e nemmeno ai miei messaggi.

Ora mi sento confuso, non so che pensare, mi sembra di non sapere più cosa voglio, non so neanche più se essere contento di quello che è successo.

Ma poi mi dico subito: "certo che sono contento! A quanti capita un'occasione così?".

Adesso però è meglio che mi metta a finire questa maledetta versione di latino, almeno così non penso troppo.

E soprattutto evito un esame inutile a settembre.

Mercoledì

Anche oggi silenzio ostinato. Tutte le mie chiamate e i messaggi sono caduti nel vuoto.

`"Piantala di fare la bambina capricciosa"`

le ho anche scritto a un certo punto. Non sono sicuro sia stata la mossa migliore.

Certo che il suo atteggiamento mi fa incazzare di brutto. È tremendamente stupido fare così l'offesa da parte sua. Ma non dovrebbe piuttosto essere contenta per me, se mi succede qualcosa di bello? Che senso ha sparire in questo modo? Come se provasse a cancellarmi dalla faccia della terra.

Avrei potuto cercarla di persona, lo so, ma ho evitato. È tutto così un casino che ho preferito lasciar perdere. Se ne stia nel suo brodo, se le piace.

Cecio continua a insistere che è anche colpa mia se siamo in questa situazione e che dovrei chiarirmi io le idee su lei.

Non l'ho insultato solo perché sarei stato capace di dirgli cose orribili, di cui forse mi sarei pentito.

Ce l'ho col mondo intero, lui compreso.

Oggi pomeriggio il silenzio si è interrotto. Ma sarebbe stato meglio se fosse continuato... Sono letteralmente fu-rio-so!

«Toto, forse tu non hai ancora capito quanto sia difficile per me. Come credi che mi senta? Per i cinesi sono troppo italiana e per gli italiani troppo cinese! Non c'è un solo posto dove io riesca davvero a essere me stessa, anzi a volte non so nemmeno più chi sia 'me stessa'! Vedi, per un attimo ho pensato che forse tu avresti rappresentato quel posto per me, un posto dove poter essere finalmente io, ma evidentemente mi ero sbagliata. Ora mi è chiaro, ti ho buttato addosso una responsabilità troppo grande. Non ti preoccupare, tu va' pure a diventare la stella del calcio che desideri; sono contenta per te, credimi. Che almeno uno dei due riesca nella vita. Io intanto resto qui, a servire sorridendo come una scema involtini primavera congelati e pollo al limone. A voi italiani, che credete davvero che il pollo al limone possa essere un piatto cinese. Ma che ne sapete voi della Cina? Cosa vi interessa sapere di noi? Me lo hai detto: per voi siamo tutti uguali, abbiamo gli occhiettini piccoli e i capelli neri e lisci. E quando parliamo vi facciamo ridere per la nostra cantilena e perché parliamo col naso. Questo è tutto quello che vedete, non siete capaci di andare un passo oltre. Aveva ragione mia sorella, sono stata un'ingenua a illudermi. Sono stata una poveretta a credere che potesse accadere qualcosa capace di durare. E ha ragione mia madre, cosa mi sono messa in testa, di fare l'italiana con un italiano?»

Rossana si è sfogata tutta d'un fiato mentre l'ascoltavo incredulo, standо seduto accanto a lei, incapace di ribattere. Erano cose che doveva aver dentro da una settimana, anzi forse da sempre, e che sono venute fuori di colpo, come un fiume in piena. Una specie di inondazione che io però non ero pronto a fronteggiare.

In questi mesi non l'ho mai vista così sconvolta e, qui posso dirlo, così sgradevole. Non sembrava neanche più lei.

Me ne sono andato via sconcertato, c'era troppo odio nelle sue parole, per poterle sopportare.

Chiaramente in me non vede più Toto, ma solo un insulso italiano che si rimpinza di involtini primavera fritti.

Allora l'ho mollata lì in mezzo al parco senza aprire bocca, ho voluto risparmiarle i miei commenti; non aveva più senso parlarle dopo quelle affermazioni, anche perché me la sarei mangiata dalla rabbia.

Nelle mie intenzioni non avrebbe dovuto finire così, quell'incontro. Dopo tanto silenzio ero riuscito a strapparle un appuntamento al parco, vicino al nostro albero: è un enorme ippocastano sulla cui corteccia avevo già inciso le nostre iniziali col taglierino di scuola.

Faccio pena, no?

Appena sopra c'è un grosso buco nel tronco, dove avevamo infilato dentro un bigliettino con scritti i nostri nomi, il mio in caratteri cinesi e il suo in italiano. Come se quell'albero avesse avuto il potere di custodirci indenni contro il male del mondo.

Vaccate!

Alla fine, dopo mille tentennamenti, mi ero deciso a fare il primo passo; volevo chiederle scusa e dirle che della questione della Svizzera avremmo potuto parlarne assieme, che avevo bisogno di confrontarmi anche con lei, sentire il suo parere.

E invece non mi ha nemmeno dato il tempo di aprire bocca.

Solo adesso mi rendo conto che non ha capito niente di me, è capace unicamente di guardare se stessa e i suoi enormi problemi. Che la metà se li inventa, poi!

Questa non ci voleva. Non ci voleva proprio.

Domenica

Non ho più voglia di sentirla, la scenata di ieri pomeriggio mi ha distrutto. Anzi, per dirla tutta: sono incazzato nero con lei. Non meritavo le parole che mi ha vomitato addosso. Con me ha chiuso! Può starne certa.

«È un'isterica, lasciala stare! Tanto ti rovina solo la vita» ha concluso Cecio, tagliando corto, dopo che gli ho raccontato solo la metà di quello che mi sono sentito dire al parco.

Stavolta non posso dagli torto: ha ragione lui, è proprio un'isterica. E sono furioso. Così tanto che poco fa ho scritto su Facebook: cinesi di merda. Poi però l'ho cancellato subito.

Mercoledì

Ho alle spalle altri tre giorni di silenzio e già pesano come una montagna. Sento che dovrei fare qualcosa, ma non so cosa. Ho paura però che cercarla di nuovo sia un errore, un segno di debolezza. Faccia lei la prima mossa stavolta: è lei che ha sbagliato ed è lei che deve chiedermi scusa.

Quello che fatico ad ammettere è invece che questa storia mi sta prendendo troppo. Anzi, mi sta destabilizzando. Questa è la parola giusta.

Sembra non esista altro per me che Rossana, tanto che

il colpaccio dello Zurigo rischia di passare in secondo piano. Invece in questo momento non devo perdere la concentrazione sul calcio.

Non posso permettermelo.

Cento flessioni ci vogliono. A ritmo sostenuto. Fanno miracoli, come dice il Mister: pompano il fisico e scacciano i pensieri inutili.

Giovedì

Oggi l'ho fatta proprio grossa. Una vigliaccata grande come una casa che non so nemmeno io come ho fatto a pensare.

Eppure dentro di me temevo che sarebbe finita così, che prima o poi sarei scoppiato e avrei combinato un guaio irreparabile.

È tutta colpa del fatto che non ce la facevo più: il silenzio di Rossana era diventato insopportabile, stava durando da troppo tempo, ormai.

Così è pian piano cresciuto dentro me un sentimento strano, che non avevo mai provato: un misto di rabbia, delusione e tristezza.

Assieme a un pizzico di rancore e, lo devo ammettere, una sottile voglia di vendetta.

Insomma, la ricetta ideale per combinare un perfetto casino.

Volevo fargliela pagare, ma ho davvero esagerato. Davvero! E adesso mi sento uno zero, vorrei che questo giorno non fosse mai iniziato.

Perché nella vita non esiste un tasto *rewind*, anzi un tasto *erase* per cancellare le sciocchezze che si fanno?

Appena finiti gli allenamenti sono andato direttamente al *Paradiso di Giada* (adesso più che mai quel nome mi suona come una beffa!), carico come una molla.

Non voleva farsi sentire? Ci avrei pensato io!

Credeva davvero che poteva dirmi e farmi certe cose, senza conseguenze? Avrebbe visto con chi aveva a che fare...

Sfiga ha voluto che al ristorante ci fossero i suoi, tutti e due! E purtroppo non erano soli, il locale era infatti strapieno di gente. C'è voluto un bel po' prima che mi accorgessi che si trattava di un matrimonio e l'ho fatto quando ormai era troppo tardi.

Già, i matrimoni cinesi! Rossana me ne aveva parlato, una volta che avevamo incontrato al Duomo una coppia di sposini che facevano le foto in pose sdolcinate, usanza patetica anche da noi. Dietro di loro uno sciame di parenti dagli abiti lucidi seguiva la scena orgoglioso, di tanto in tanto ridacchiando compiaciuto.

«Abbiamo il culto della famiglia e quando si sposa uno di noi ci ritroviamo in mille parenti. La festa dura una giornata intera, a volte anche due, ed è l'occasione per ritrovarsi insieme con tutta la famiglia, super allargata. Se non ne vedi uno, non puoi nemmeno immaginare di cosa si tratti. Un vero evento».

Probabilmente oggi si trattava dell'evento della cugina della cugina di sua cugina.

«Dov'è Rossana?» ho chiesto al primo uomo in cui mi sono imbattuto all'ingresso con un voluto tono di sfida. Senza nemmeno dire buonasera.

Lui aveva in mano un sacchetto gigante di plastica giallina e mi ha guardato con una faccia strana, come se non avesse capito le mie parole. O forse aveva già capito fin troppo bene le mie intenzioni. Comunque mi ha ignorato e ha continuato a riempire di nuvole di drago le ciotole blu disposte in fila sul bancone. Di tanto in tanto però mi lanciava delle occhiatacce da paura che avrebbero terrorizzato chiunque.

Sono rimasto lo stesso lì in piedi accanto alla porta con l'immancabile sacca del calcio a pesarmi sulle spalle. Senza smuovermi. Neanche una bomba avrebbe potuto farlo, in quel momento.

Attorno c'era un casino indescrivibile, di musica e chiacchiere, ma avevo l'impressione di trovarmi lì solo con lui. Sono sicuro che avesse già capito chi ero io, chi fosse lui invece avevo solo iniziato a sospettarlo e la cosa non mi intimidiva per niente. Anzi, mi dava una strana carica. Dalle descrizioni che avevo sentito da Ross, si trattava quasi sicuramente di suo padre.

«È qui Rossana?» ho chiesto di nuovo, scandendo le parole come un robot, in modo che mi capisse bene.

«Questa sela chiusi, festa plivata. Non vede qui? Lei non può stale qui! Noi oggi chiusi, chiusi! Via, vada via!» mi sono sentito rispondere. Il tono voleva essere da duro, ma la sua voce era acuta e nasale. E con quelle erre poi...

A quel punto è arrivata Rossana; non mi aveva ancora visto, fino ad allora doveva essere stata in cucina a preparare i piatti per gli ospiti. Nonostante fosse di servizio era strepitosa. Non si era mai fatta vedere da me con i loro vestiti tipici, una camicetta stretta di seta rossa e i bottoni dorati sopra una gonna lunga nera anch'essa di seta leggera. Mai vista in gonna prima! Sempre e solo jeans. Era una favola! Bellissima, solo che sul momento ero troppo arrabbiato per apprezzarlo e, men che meno, per dirglielo.

Suo padre si è rivolto subito a lei parlandole supervelocemente in cinese; lei intanto si era bloccata sulla porta della cucina come se avesse incrociato lo sguardo di Medusa che l'aveva trasformata in pietra. Ho visto per la prima volta il suo volto veramente sperso, angosciato. Come di chi ha ricevuto in quel momento la notizia più triste del mondo. I suoi occhi smarriti parlavano da soli: perché mi stai facendo questo? Proprio tu? Perché?

«Conosci questo lagazzo?»

La voce del padre si era fatta ancora più stridula, e in italiano mi sembrò all'apice del ridicolo. Sembrava un cartone animato.

Di colpo mi sono passati davanti agli occhi Dragon Ball, Naruto, i Pokemon, le Tartarughe Ninja, Holly e Benji, i film di Bruce Lee e quelli di Jackie Chan: tutto ciò che nella mia mente era in qualche modo legato agli occhi a mandorla.

A pensarci adesso mi sento davvero un cretino. E mi vergogno una cifra. Lì invece ho iniziato a ridere da solo, cosa che deve essere apparsa come un'ulteriore provocazione.

A quel punto Rossana ha fatto un tentativo estremo per salvare la situazione.

«Sì, è un mio compagno di classe, mi aveva avvisato prima che sarebbe passato di qui, ma mi ero dimenticata: devo dargli dei compiti per domani. Faccio in fretta. Mi spiace tanto papà, lo mando via subito. Mi sono sbagliata, avrei dovuto dirgli di chiedere a qualcun altro. Non era il caso venisse qua stasera» ha risposto con prontezza in italiano in modo che capissi bene anch'io. Soprattutto "non era il caso venisse qua stasera" è stato detto con un tono particolarmente duro, accompagnato da un'occhiata di ghiaccio. Suo padre ha scosso platealmente la testa, in segno di disapprovazione.

Non le aveva creduto, sono sicuro, magari mi aveva già notato qualche volta che ero stato lì in giro e sapeva benissimo chi ero. Non mi sembrava un tipo a cui sfuggissero certe cose. Con quella faccia avrebbe potuto essere tranquillamente una ex-spia. Anzi, nemmeno ex!

Io intanto restavo lì in piedi come un deficiente. Facevo la parte del tipo tosto, ma in realtà ero stordito dall'ambiente e dai pensieri che mi frullavano in testa, non sapevo più che fare. Mi sentivo davvero uno straniero, fuori dal mondo; anzi un marziano appena atterrato sulla Terra. Attorno a me, una confusione assurda e quella stupida musica che veniva fuori a tutto volume dal megatelevisore appeso al muro mi davano un fastidio boia. Nel video una tipetta cinese super truccata si muoveva da schifo e cantava anche peggio.

Sarà stato che avevo appena finito la partita e avevo anche lo stomaco vuoto, ma per un attimo ho avuto l'impressione di stare per svenire e che le pareti attorno a me si muovessero ondeggiando. Non mi ero neanche accorto che intanto Rossana era tornata nel retro lasciandomi di nuovo solo.

Gli occhi dell'uomo non mi mollavano un solo istante.

Poco dopo Ross mi ha raggiunto, con in mano un quaderno qualsiasi, che anche un idiota avrebbe capito non mi serviva affatto.

«Eccolo, ci vediamo domani a scuola. Adesso ho da fare. Devi andare via e lasciarmi lavorare».

Non mi ha detto altro, ma lo sguardo che mi ha rivolto mi ha fatto rabbrividire. Mi è parsa un'estranea, una che non avevo mai visto prima. E forse in quel momento era proprio così.

Così non so cosa mi è preso: ho guardato prima lei, poi suo padre e qualche parente che intanto era venuto lì a vedere che stava succedendo e ho sentito le mie parole uscire da sole di bocca, dubitando io stesso che le stessi pronunciando davvero.

«Io non sono solo un compagno di scuola, sono anche il suo ragazzo! E non mi serviva il quaderno, sono venuto qua solo per vederla!»

Intanto ho scaraventato molto platealmente il quaderno sul bancone, facendo cadere una ciotola di nuvole di drago, che si è spezzata in mille pezzi blu. Ma questo non l'ho fatto apposta. Lo giuro.

Dopo sono uscito in frettissima. Praticamente sono scappato, come un codardo. Anche in strada continuavo a sentire lo sguardo di tutta quella gente dietro di me, soprattutto quello di Rossana.

Ho corso fino alla metropolitana, così forte da non avere più energia per pensare. Mi sentivo una nullità ed ero già pentito di quello che avevo fatto. Non mi sono neanche accorto del tempo che ho passato seduto sul treno, con la testa strizzata fra le mani.

Poi sono sbucato a piazzale Loreto salendo i gradini a quattro a quattro; avevo bisogno di aria, di respirare. Appena fuori ho dovuto sedermi di nuovo, sul marciapiede; per un attimo mi sono mancate le forze e ho visto tutto nero intorno a me. Mi è venuto anche mal di pancia e voglia di vomitare, ma mi sono trattenuto perché mi vergognavo della gente che passava. Ci mancava solo quello.

GIOVEDÌ – SERA

Tempismo perfetto: a casa mio padre mi stava aspettando per parlare di Zurigo e soprattutto non aveva ancora cenato. Seduti al tavolo della sala, lui e la mamma erano pronti per aggiornarmi su ciò che era successo nella giornata. Così, ho dovuto far finta di niente nonostante il fatto che parlare con loro fosse l'ultima cosa che avrei desiderato in quel momento. Fosse stato per me, mi sarei chiuso subito in camera con l'ipod a palla, senza toccare cibo.

Nel pomeriggio, ho scoperto, si sono incontrati con un nuovo dirigente della squadra, che è venuto a Milano apposta per me, anzi per me e un altro ragazzo che hanno individuato. Non sappiamo ancora chi sia, né di quale squadra faccia parte; per questione di *privacy*, hanno detto, non faranno il suo nome fino a che non firma il contratto.

I miei hanno ottenuto garanzie sul fatto che andrò a scuola in un bel college (lo stesso in cui starò) dove potrò prepararmi adeguatamente per la maturità. Tra l'altro le lezioni saranno tutte in inglese! A sentirli è una grande occasione anche per imparare la lingua, "an outstanding opportunity, in any sense", l'hanno venduta gli zurighesi ai miei. Sarà, ma a me sembra solo una faticaccia in più, che mi risparmierei volentieri. Mi sa che di opportunità ne stanno arrivando troppe e tutte insieme...

Ho anche saputo che stamattina la mamma è andata a scuola a parlare con i miei professori e il preside, per vedere cosa ne pensano e come possono aiutarmi quando sarò via. Non dovrebbero esserci difficoltà, sono convinti che posso farcela senza problemi; anzi tutti desiderano collaborare perché io possa cogliere questa occasione: il mio liceo passerebbe tutti i programmi italiani al collegio svizzero e io potrei fare anche delle verifiche a distanza online, se ho capito bene. Se potrò passare dei periodi qui a casa, dovrò frequentare normalmente la mia classe e fare eventualmente dei corsi di recupero o di integrazione nel pomeriggio. Per la maturità ci sarebbero solo delle scartoffie da preparare e delle richieste speciali da fare al Ministero, ma francamente a quel punto mi ero un po' perso nel discorso e non ho capito bene.

Accidenti, le cose stanno andando così veloci... Non so cosa pensare, so solo che stasera non era proprio il momento adatto per questa discussione.

È incredibile: la cosa cui tenevo più di tutte, che ho sognato la notte prima di addormentarmi fin da quando ero un bambinetto delle elementari, adesso che è così vicina e raggiungibile, non mi entusiasma più di tanto.

Pensavo che, se fosse mai accaduto, sarebbe stato il momento più felice della mia vita e, invece, mi ritrovo con mille esitazioni. Proprio io, che quando incollavo le figurine dei giocatori immaginavo sempre che un giorno ce ne sarebbe stata una con la mia foto.

Di sicuro ha pesato quello che è successo da Rossana stasera. Diciamo che lo spirito giusto per questo tipo di conversazione avrebbe dovuto essere un altro. Tuttavia ho il sospetto che anche senza quella sceneggiata forse mi troverei nella stessa condizione. Ho un atroce dubbio che mi gira in testa e che rischia di rovinare tutto in questo momento. Lo scrivo qui, ma non lo confesserei a nessuno: e se non ce la faccio? Se scopro di non essere bravo come credo? Fino a ora mi sono cimentato con squadrette regionali, ho giocato facile. Sarò davvero in grado di fare il salto di categoria?

Papà e mamma hanno continuato a parlare a raffica durante tutta la cena. Sembravano più eccitati di me (anzi di sicuro lo erano!) mentre, seduti al tavolo della cucina, mi riferivano tutte le informazioni che erano riusciti a raccogliere per me. Il collegio, i corsi, la squadra, gli orari degli allenamenti, i periodi di riposo, gli spostamenti in treno. Io li ascoltavo distrattamente e dicevo "sì sì" ogni tanto, senza intervenire, lasciandoli parlare; credo abbiano capito che non c'ero troppo con la testa.

«Dai, ne riparliamo domani. Adesso mi sembri stanco, magari fatti una bella doccia e una dormita. Non c'è fretta» ha detto papà.

È un grande!

Capisce sempre quando non è il momento.

Finalmente sono riuscito a chiudermi in camera e a buttarmi sul letto. Stava per partire *I will survive* remix a palla nelle cuffie, quando li ho sentiti parlare di me passando davanti alla mia porta. Ho subito spento l'ipod e aguzzato l'udito.

«Diamogli tempo, non insistiamo. Non è una decisione facile e non dobbiamo permettere pressioni da nessuno. Quello che ci interessa è che lui sia felice, qualunque cosa sceglierà, a noi va bene. Vorrei che si sentisse libero, non deve dimostrare niente a nessuno».

Grandi quei due!

Così sono andato avanti nella playlist e ho fatto partire i Green Day.

È quello che ci vuole stasera.

Poi ho chiuso piano gli occhi lasciando la luce accesa.

Wake me up when September ends...

DOMENICA – SERA

A fine pomeriggio sono venuti da me Cecio e Andre che gira ancora con le stampelle. Che palla, l'hanno finalmente operato qualche giorno fa al ginocchio e deve pure farsi due mesi di fisioterapia...

I miei erano fuori a cena e così abbiamo avuto modo di parlare tranquilli davanti a una splendida paella surgelata. Be', non una, alla fine abbiamo cucinato quattro pacchi per tre persone! Desideravo tanto chiarirmi le idee su cosa sarebbe stato meglio fare con Rossana, nonostante mi sentissi iperagitato all'idea di dover raccontare tutto. Non è sempre facile esporsi così con gli amici, ma certe volte è necessario.

Mentre spadellavo in cucina sono stato tentatissimo di parlare anche della faccenda di Zurigo, ma il Mister mi ha fatto giurare di tenere il segreto. Ha troppa paura che questa storia destabilizzi la squadra, proprio nel momento in cui più dobbiamo rimanere compatti e uniti.

"Lo faremo a tempo opportuno e decideremo insieme quando. Prima di allora, muto come un pesce! Conto su di te, non mi tradire" le sue parole mi giravano in testa e mi frenavano la lingua.

Vero, mi sono impegnato, ma come faccio a non parlarne ai miei amici? Ho fatto una fatica boia a stare zitto, potrei dire, senza esagerare, che è stata una specie di tortura. Francamente non so quanto riuscirò a resistere, e poi avrà davvero senso fare tanti misteri con loro?

Una volta pronta la paella, ci siamo apparecchiati in sala con le tovagliette americane e, davanti a dei piatti stracolmi di riso e pesce, sono subito entrato nel vivo della questione.

Per prima cosa, ho raccontato loro esattamente come si è svolta la scena del matrimonio cinese, dal primo momento in cui sono entrato nel ristorante a quando sono uscito dalla metropolitana e stavo per vomitare sul marciapiede.

«Sembra una scena di un film demenziale. Ti sei proprio bevuto il cervello. E non hai neanche la scusa di aver esagerato con la birra, visto che non tocchi alcolici!» è stato il commento immediato di Cecio.

Andrea annuiva vistosamente.

E fin qui sono riuscito a reggere il colpo.

Poi ho fatto notare loro che Rossana da allora non si

è più fatta sentire, ma era solo un puro dato di cronaca, non cercavo commenti e tanto meno consolazione! E invece...

«Ma, no? Dopo quello che hai combinato pensavo invece ti avesse già invitato a cena fuori! Magari una cenetta intima coi suoi genitori in un certo *Paradiso di Giada*...»

Cecio si è messo anche a fare dell'ironia. E quando vuole sa essere assai pungente.

Andrea non si è sottratto e ha rincarato la dose.

«Adesso non avrai mica il coraggio di fare la vittima? Mi sembra che hai voluto fare il bastardo e metterla apposta in imbarazzo. Cosa ti aspettavi dopo? Che ti ringraziasse e ti baciasse?»

Io ho cercato di difendermi con loro, sebbene fossi certo che era un tentativo senza speranza.

«Ma scusate, cos'ho fatto di male? Sono solo andato a cercarla dov'era, per chiarire fra noi...»

Eppure ero cosciente che mentivo spudoratamente: l'altra sera avevo ben presente che quel gesto aveva un significato particolare per lei, nella sua situazione. Quante volte mi aveva detto "il dolore più grande che potrei dare ai miei sarebbe portare a casa un ragazzo italiano"! E io, sapendolo, ci sono andato apposta. Il fatto che ci fosse un matrimonio, poi, invece di scoraggiarmi, mi ha addirittura eccitato. Volevo qualcosa di pubblico, di scenografico e così sono andato oltre le mie intenzioni.

Per fortuna stasera ero ben disposto a sopportare l'ironia dei miei amici, anche le prese per il culo. Ci stavano tutte, al loro posto non avrei detto una parola di meno o diversa. Anzi, forse avrei infierito di più. Però quello che più mi stava a cuore non erano tanto i commenti su quel che era successo, quanto i consigli sulle mosse successive, gli scenari futuri.

«Lasciala perdere, Toto: con una scena così se fossi in lei, non ti vorrei più vedere neanche dipinto sui muri! Scordala, secondo me non c'è nessuna possibilità di recupero. *Game over*, amico mio!» è stata la conclusione di Cecio incrociando le sue braccia davanti alla mia faccia. Come i giudici di X Factor quando dicono no.

Andre non aveva più detto niente, era rimasto in silenzio ad ascoltare. Sono stato io a provocare il suo intervento. Dal suo modo di guardarmi mi aspettavo da lui un parere diverso.

«Cosa vuoi che ti dica? Tu sei stato un cretino, e lo sappiamo tutti e tre. Però sono anche convinto che sia un peccato che, per una sciocchezza così, questa storia debba finire. Io proverei a fare un ultimo tentativo per cercarla. Non può finire tutto in questo modo».

Io non avevo niente da replicare.

Ormai era stato detto tutto, difficile aggiungere altro di intelligente, così siamo passati alla nostra attività preferita: ci siamo sparati mille partite alla play finché non sono tornati i miei.

Ripensandoci adesso, mi trovo assolutamente d'accordo con Andre: non può finire tutto in questo modo.

Se riesco a trovare il coraggio, domani cerco Rossana e provo a riparare. Dopo scuola, magari la vado a prendere.

"Cecio, doma mi porti in moto al Carducci?"
"Non molli mai, eh? Conta su di me amico"

Forte Cecio, risponde ai messaggi anche a notte fonda.

Secondo me però appena Ross mi vede si gira dall'altra parte.

Domani.

Grazie al mio motorizzato e fedele amico mi sono presentato davanti al Carducci in perfetto orario per la sua uscita. Tenevo ben nascosto nello zaino un mazzolino di fiori che mi ero fatto confezionare dal fioraio all'angolo. So che a Ross piace il giallo così avevo scelto dei piccoli tulipani color del sole per farle una sorpresa.

A poco a poco sono usciti tutti, ma lei no. Stavo ormai per andarmene sconsolato quando una tipa carina, capelli corti e rossicci e occhiali tondi, mi ha avvicinato.

«Tu devi essere Toto» se ne è uscita.

Che impressione, sapeva il mio nome!

«Rossana non viene a scuola da tre giorni. Sembra non sia stata bene, ma nessuno sa cos'abbia. Nemmeno io che sono la sua migliore amica ...»

Anna! Solo a quel punto mi sono ricordato che Ross me ne aveva parlato a Bergamo, evidentemente le aveva parlato anche di me, visto che mi ha riconosciuto senza difficoltà. Chissà cos'altro sa di noi.

«Anche con me è sparita e sono preoccupato. Ero passato a cercarla di persona. Non si è fatta più sentire. Hai provato a telefonarle o a mandarle dei messaggi?» le ho chiesto. Ero sicuro che lei non l'avesse lasciata sola, soprattutto sapendo come erano legate l'un l'altra.

«Sì, un casino di volte, ma mi ha risposto solamente una volta. Probabilmente solo perché ha visto che insistevo tanto. 'Non sto troppo bene, ma non ti preoccupare. Niente di importante. Resto solo a casa qualche giorno, poi torno' è stato l'unico messaggio che ho ricevuto da lei. Poi basta».

«Credi sia qualcosa di grave?»

«Non lo so, certo che in quattro anni non ha mai fatto un solo giorno di assenza!»

Mi sono vergognato a morte, ma non sono riuscito a dire niente. Avrei almeno potuto togliere un po' di angoscia ad Anna, raccontandole cosa si nascondeva dietro quella strana malattia di Ross, ma proprio non ce l'ho fatta. Tutto sarebbe stato più chiaro e forse, sapendo di cosa si trattava, lei avrebbe anche potuto aiutarla meglio. E invece ho fatto come se non sapessi niente e cascassi dalle nuvole. Sono davvero una bestia!

Non avevamo altro da dirci e ci siamo limitati a scambiarci i numeri di cellulare, con l'impegno di aggiornarci non appena avremmo avuto novità.

Qualcosa mi dice che il suo numero presto mi servirà. Adesso però vado a mangiare, sennò svengo.

LUNEDÌ – PM

Subito dopo il panino ho sbattuto i fiori nel primo cestino che ho trovato, me ne volevo liberare in fretta. Gesto un po' plateale oltre che liberatorio, lo ammetto. E in effetti un vecchietto che proprio in quell'istante passava di lì col cane al guinzaglio ha sgranato gli occhi nel vedermi, poi mi ha sorriso scuotendo la testa prima di proseguire per la via.

Chissà cosa avrà pensato, magari anche a lui è capitato di fare un gesto simile per lo stesso motivo quando era giovane. Sono stato quasi tentato di rincorrerlo per chiederglielo, forse lui sapeva già come sarebbe finita questa storia.

Non è la prima volta che vengo assalito dal dubbio che la mia vita sia già stata vissuta da qualcun altro, che io stia percorrendo una strada già battuta, che in fondo stia compiendo gli stessi identici passi di chi mi ha preceduto. È quella strana impressione che ciascuno debba ricominciare eternamente da capo, ogni volta. Ma se così fosse, non sarebbe meglio se trovassi qualcuno che possa evitarmi gli errori del suo passato? A volte mi manca un maestro, qualcuno che sappia indicarmi la via, vedendo oltre il mio orizzonte limitato. Ma esisterà davvero?

Preda di questi pensieri non avevo voglia di tornare a casa e per gli allenamenti era ancora troppo presto, così ho iniziato a camminare a caso. Mi faceva piacere starmene un po' da solo coi miei ragionamenti.

Ovviamente sempre per caso (sicuro!), sono arrivato al parco dove di solito ci troviamo con Ross, il luogo migliore che abbiamo trovato per parlare e stare insieme, il luogo in cui sembra che anche lei riesca ad aprirsi di più, con me. Ed è lì che sono rimasto letteralmente fulminato.

Seduta vicino al nostro ippocastano c'era proprio lei. Teneva i piedi appoggiati sulla panchina, con le gambe rannicchiate al petto, in quella sua strana solita posa che io non sono mai riuscito a imitare.

«Sei proprio di legno» mi prendeva in giro ridendo.

«No sei tu che sei di gomma» ribattevo io.

La testa appoggiata sulle ginocchia oggi pomeriggio le impediva di vedermi.

Mi sono fermato lontano preso da una strana paura. Non sapevo come muovermi: da una parte le sarei volato incontro gridando il suo nome, dall'altra temevo che non l'avrebbe gradito e avrebbe reagito male. Diciamola tutta: temevo soprattutto di essere respinto, cosa che senza dubbio mi avrebbe ucciso.

Allora mi sono seduto anch'io, su una panchina vicina, ma abbastanza lontana per sentirmi a una giusta distanza di sicurezza e ho continuato a guardarla. Lei è rimasta immobile non so quanto tempo. Intanto l'ombra dell'albero che stava su di lei pian piano si è spostata lasciando progressivamente posto a un sole violento e caldissimo.

A un certo punto, Ross ha sollevato di scatto la testa, come se la luce improvvisa l'avesse risvegliata da un lungo letargo. E mi ha visto.

Io le ho sorriso, imbarazzato. Non sono sicuro che da quella distanza abbia potuto accorgersene.

Ha guardato un po' nella mia direzione, come per mettere meglio a fuoco l'immagine, poi all'improvviso si è alzata dalla panchina e a passo svelto si è diretta verso il cancello di uscita. Camminava così veloce che si è quasi scontrata con un bambino che girava su una macchinina a pedali. Cosa non da lei. E non si è mai voltata indietro.

Non le sono corso dietro come i piedi mi chiedevano di fare, non mi sembrava il caso; la sua reazione diceva già tutto. Piuttosto, istintivamente sono andato verso il nostro albero.

Non so perché, ma mi è venuta l'idea di guardare dentro il buco nel tronco.

Forse è stata una premonizione a guidarmi: il nostro biglietto non c'era più! In cambio, però, c'era una lettera, scritta a mano. Ho riconosciuto a colpo d'occhio la sua scrittura, piccola e delicata, perfettamente regolare e simmetrica. Esattamente come lei.

Mi sono seduto a leggere, lasciandomi cadere sulla panchina a peso morto, mi tremavano le mani e mi sentivo come svuotato dentro.

Prima però ho avuto bisogno di guardare la corteccia. T e R erano ancora incisi, nessuno aveva provato a cancellarli.

Mi è sembrato un buon segno. Rassicurante.

Toto,

ciò che hai fatto l'altra sera è di una gravità immensa. Non sono nemmeno sicura che tu te ne renda pienamente conto. Probabilmente no. Lo spero davvero sennò dovrei concludere che sei un ragazzo cattivo. Mentre io so che non lo sei. Proprio no.

Quando hai fatto irruzione nel ristorante – non saprei come definire in altro modo quello che hai combinato – e ti ho visto fare quella scenata davanti a tutti i miei parenti è stato il momento più imbarazzante della mia vita. Ho sentito su di me una violenza fortissima che so superiore alle tue intenzioni, sebbene ti avessi avvertito della situazione in cui mi trovo e tu fossi cosciente di ciò che stavi facendo. Su questo credo tu abbia poche scuse.

Comunque, quello che mi ferisce non è tanto ciò che hai combinato in sé, quanto il fatto che se ti sei comportato così, significa che nel tempo che ci siamo frequentati non hai capito niente di me. Anzi, mi correggo subito, non sono riuscita a farti capire niente di me. È questo il punto. Non sono stata capace di trasmetterti nulla del mondo in cui vivo, che non è lo stesso tuo. Una barriera invisibile li separa e il fatto che tu non la veda non significa che non esista. È invece una barriera solidissima e potente. Inizio a dubitare che tu possa riuscire davvero a superarla come io a venire dalla tua parte. Più che dubitarne, ormai ne sono certa, anche se constatarlo mi procura un dolore intensissimo. È come se fossimo costretti a guardarci attraverso una vetrina: ti vedo, magari ti sento anche, se provi a urlare, ma non riesco a toccarti, a incontrarti veramente. Ed è terribile.

Non è certo tutta colpa tua. So quanto sono difficile e quanto mi nascondo agli altri, rendendomi a volte incomprensibile, inaccessibile. Parlo poco, in tanti mi dicono che sembro troppo dura, tagliente persino. In classe ho anche sentito che alle spalle mi chiamano "la regina dei ghiacci".

Mi rendo conto di dare un'immagine di

me stessa che spesso non corrisponde a quella che sono davvero e mi piacerebbe mostrarmi, anzi essere diversa, credimi; ma è difficile. Un casino difficile.

Potrei nascondermi ancora una volta dietro gli ostacoli insormontabili delle culture diverse e in parte sono certa che avrei ragione, ma è altrettanto vero che c'è una difficoltà mia personale, che mi fa stare sulle mie ed evitare gli altri. Voglio essere onesta con te e ammetterlo, forse per la prima volta in vita mia davanti a un altro.

Se sembro diversa dalle altre è perché mi sento diversa, finché questo non si risolverà – ma accadrà mai? – ci saranno sempre delle difficoltà, fra noi.

Vedi Toto, non sono arrabbiata per ciò che è successo; la rabbia, che all'inizio era fortissima, si è a poco a poco dissolta e ha lasciato il passo a un profondo dispiacere che mi ha colta impreparata. L'episodio al ristorante mi ha aperto gli occhi: tra me e te non può funzionare. Francamente non so se tra me e qualcuno potrà mai funzionare, ma questa è un'altra storia con cui dovrò fare i conti io. Meglio che tu ne resti fuori.

Non cercarmi più, per favore. Faresti del male a entrambi. Non hai bisogno di me per essere felice. Hai il calcio, gli amici, una bella famiglia e tante qualità che ho imparato a conoscere e stimare.

Un giorno ti ho chiesto se credi in Dio e tu mi hai risposto di sì, senza esitazione. Se adesso ti chiedessi se esiste la felicità, sono sicura che mi risponderesti un altro sì. È questa certezza che ci separa. Meriti di essere felice, per il solo fatto di crederlo possibile. E so che non potrà accadere con me.

Buona fortuna, amore mio. Non ti ho mai chiamato così, ma credimi non c'è stato un solo minuto in cui io non abbia pensato a te in questo modo. Ormai è troppo tardi però per dirtelo, cerca di convincertene anche tu. Io da adesso non esisto più.

xxx Rossana

L'ho letta e riletta decine di volte. Poi l'ho attaccata qui, sul taccuino, perché non vada persa.

Anche a me oggi si sono aperti gli occhi: mi spiace Rossana, tu esisti. Eccome se esisti.

E hai ragione, io credo davvero che posso essere felice, forse anche senza di te. Ma certamente ancora di più assieme a te.

Devo solo trovare il modo di raggiungerti e fartelo capire. Stavolta senza fare cazzate, però.

GIOVEDÌ – TERZA ORA

Mentre nella seconda ora la prof di latino traduceva Orazio (il Carpe Diem! Eppure non mi convince affatto questa storia: io voglio vivere la vita tutta intera, non cogliere l'attimo...) ho avuto un breve scambio di messaggi con Anna.

"Novità da Ross? Toto"

"Ancora nessuna"

"Io sì l'ho vista. Devo parlarti. Alle 2 al Carducci?"

"Xfetto. Ci sono"

E ci sarò. Lo giuro.

GIOVEDÌ – SERA

Alle due in punto mi sono trovato con Anna, davanti al suo liceo. Uscita di scuola ha salutato un gruppo di amiche che mi hanno lanciato un'occhiata strana (meno male che avevo gli occhiali da sole che mi nascondevano un po'! Non sapevo bene come interpretare quegli sguardi!) poi mi ha raggiunto dall'altra parte del marciapiede attraversando la strada. Ha un bel modo di camminare, all'inizio sembra un po' goffo, ma in realtà è solo molto molleggiata. Mi ha fatto venire in mente Jar Jar Binks in *Guerre Stellari*, ma siccome non credo potesse prenderlo come un complimento, me lo sono tenuto per me.

Appena mi è stata vicina mi ha abbracciato come se mi conoscesse da sempre, io invece mi sono irrigidito un po'.

«Ti va un Mac?» le ho detto.

Preferivo allontanarmi da lì, mi sentivo osservato e non ero a mio agio. Non ero sicuro però che la proposta le andasse. Invece, tempo pochi minuti ci siamo trovati in piazza Argentina.

Fin dalla cassa Anna mi ha stupito una cifra: ha ordinato un Big Mac Menù con tutto maxi, patatine e supercoca inclusa. Di solito lo prendono solo i miei compagni di squadra quando sono iperaffamati...

Seduti a un tavolino al piano di sopra, mi sono sentito stranamente impacciato col mio Mc Deluxe in mano mentre cercavo le parole giuste per iniziare: ero intenzionato a raccontarle tutto, ma non era facile. Eppure, se Anna doveva aiutarmi, avrebbe dovuto conoscere la nostra storia, fin dall'inizio e con tutti i dettagli. Avevo già deciso di tenere per me solo il contenuto della lettera di Ross: troppo personale.

Che sciocco sono stato a pensare che fosse necessario! Anna sapeva moltissimo di me, di noi: Rossana si è confidata con lei più volte ed era aggiornata su tutto tranne che sulla famosa scena al ristorante, vero motivo delle assenze di Ross da scuola. Sapeva persino del gitino segreto a Bergamo!

«Hai davvero detto così?» mi ha chiesto grondando di maionese quando le ho ripetuto le frasi che ho indirizzato al padre davanti a tutti i parenti.

«Davvero? Ma, davvero?» evidentemente non riusciva a crederci. Nelle sue parole però c'era una strana intonazione che non riuscivo a decifrare. Certamente diversa dalla reazione di disapprovazione che in qualche modo mi aspettavo da lei.

«Forte!» ha commentato tormentando la bustina di ketchup per far uscire le ultime gocce di salsa. Come parlando fra sé e sé. Era alla quinta bustina...

Io a momenti mi soffoco col boccone che avevo in bocca. Mancava poco che il pezzo di cetriolo si bloccasse in gola per lo stupore. Un momento: avevo davvero sentito bene? Mi stavo inventando tutto o Anna non aveva pensato che ero stato un idiota?

«Come hai detto, scusa?» l'ho costretta a ripetere quello che aveva appena bisbigliato.

A quel punto lei ha alzato lo sguardo verso di me e mi ha guardato come si guarda un poveretto che non capisce.

«Ho detto: forte!» niente di più. Era troppo concentrata sul cibo.

«Allora non credi che io sia stato un cretino-deficiente-bastardo?»

Ecco mi è venuta proprio così, di getto: non riuscivo assolutamente a credere che Anna non mi disprezzasse per il mio gesto. Io, nel ripercorrere quella serata, mi sentivo il peggiore essere sulla faccia della Terra, lo scarto di tutta l'umanità.

«E perché mai dovrei pensarlo? OK, sei stato un po' troppo deciso, ci sei andato giù pesante come un elefante, ma a me sembra comunque un gesto relativamente carino».

Proprio così ha detto: *relativamente carino*.

«Le tue intenzioni in fondo erano buone. Non so cosa darei per avere io un ragazzo che faccia una cosa così per me... Addirittura sfidare la gang dei cinesi nel suo stesso covo!»

Io sono arrossito di colpo, le orecchie devono essermi diventate paonazze. E ho anche iniziato a preoccuparmi seriamente. Anna deve avermelo letto in faccia.

«Oh, ma guarda che sto scherzando!» Poi visto che non capivo ha aggiunto: «La storia dei cinesi e del covo era solo una battuta: io li conosco, sono bravissime persone. Non devi temere niente da loro. Soprattutto la mamma di Rossana è una donna in gamba, molto riservata, però a suo modo generosa. Magari è un po' all'antica, ma mica tanto differente dalla mia... Anzi su certe cose sembrano gemelle!» e si è messa a ridere di gusto.

A quel punto ero frastornato, l'incontro aveva preso una piega completamente imprevista. Anna era un'assoluta rivelazione. Non fatico a credere che Ross l'abbia scelta come amica. Così diverse e così ugualmente toste!

Mi ha colpito soprattutto la libertà e nello stesso tempo il rispetto con cui parla di Ross. Si vede alla grande che le è affezionatissima.

«A questo punto però dobbiamo fare qualcosa, non possiamo permettere che si chiuda a piangere in casa. E poi non è da lei... si è sempre battuta per quello in cui credeva, fino a ora. Che senso ha mollare proprio adesso?» è stata la sua conclusione.

Io annuivo in continuazione.

«Lasciami pensare un po', ti chiamo io quando ho capito meglio cosa fare. Che ne dici adesso, ci sta un Filet-O-Fish in due? Intanto potresti raccontarmi un po' della tua squadra. So che sei un fenomeno a calcio...»

Che mito, Anna! Una ragazza davvero sorprendente,

l'unica persona che conosco che ha il coraggio di prendere il panino al pesce di Mac...

Be', mica solo per questo!

Giovedì – notte

"Ho capito cosa fare! Doma pome tieniti libero"

Il messaggio di Anna è arrivato imprevisto poco dopo mezzanotte.

"Ma alle 5 ho gli allenamenti!"

"Tranqui x le 5 avremo già finito. Ci vediamo alle 2 al Carducci"

"Notte!"

"Notte!"

Ero praticamente sdraiato sul tavolo della cucina a preparare l'interrogazione di inglese per domani mattina, scarico quasi come la pila del cellulare. I *phrasal verbs* di colpo mi sono sembrati meno impossibili.

Venerdì

Il tram andava e intanto Anna continuava a parlarmi.

«Rossana è un'inguaribile romantica. Se ti permette di conoscerla davvero lo scopri in un minuto. Dietro la sua apparente durezza, si nascondono tantissimi sogni e desideri che lei stessa fatica ad ammettere. Ogni tanto ci si perde dentro e allora dà l'impressione di vivere in un mondo tutto suo che si è costruita, pezzo per pezzo. Così, quando me ne accorgo, cerco di risvegliarla e riportarla alla realtà. Io e te siamo le persone più importanti della sua vita, me lo ha ripetuto tante volte. Dice anche che sono la sua unica amica; io un po' ne sono fiera, un po' questo fatto mi spaventa. È una grossa responsabilità, che a volte sembra schiacciarmi. Ho provato a presentarle delle altre mie amiche, credimi bravissime; all'inizio sembra sempre che le cose vanno bene, poi arriva il momento in cui lei si chiude a riccio. Fatica a stringere dei legami, è evidente. Ha bisogno di molto tempo per fidarsi di un altro. Lei se la ride quando siamo sole e la chiamo col soprannome che le ho affibbiato: anguilla. Ma è davvero così, imprendibile. Scivola via e nessuno riesce a catturarla. Non credere che i suoi modi di fare non mi facciano arrabbiare, spesso le faccio notare quanto riesce a essere irritante e insopportabile. Chissà, forse mi riconosce amica anche per questo, per il fatto che cerco di essere sincera con lei. Rossana è una ragazza che potrebbe avere molto dagli altri, ma anche dare tantissimo; però si trattiene e non viene mai fuori. È come un diamante grezzo, direi».

«Come Aladdin...»

Mi sono subito vergognato un botto a essermi così scoperto. Dei film di Walt Disney sono due quelli che adoro: *Aladdin* ed *Hercules*. Forse perché i protagonisti principali sono maschi e pure fighissimi. Ho i DVD da quando ero piccolo e li conosco a memoria; ho pure scaricato tutte le canzoni nell'ipod. Ma queste sono cose che alle ragazze non vanno fatte assolutamente sapere, mai e in ogni modo... Al momento opportuno potrebbero usarle contro di te. Comunque Anna non ha raccolto la mia battuta, forse non l'ha neanche sentita, e si è messa a guardare fuori dal finestrino. Al massimo ha pensato che devo essere un po' svitato.

Il dodici fa una lunghissima corsa prima di arrivare in via Paolo Sarpi e io ho avuto un mucchio di tempo per pensare.

Tremavo un po', ripensando al piano di Anna, incerto se fosse davvero il caso.

«Sicura sia una buona idea?» le ho chiesto costringendola a girarsi nuovamente verso di me.

«Certo!»

«Sicura sicura?»

«Ti fidi di me?» mi ha detto facendo l'occhiolino (che rabbia, io non ci sono mai riuscito!).

E ho riconosciuto all'istante la battuta che Aladdin fa a Jasmine. Solo che loro erano seduti su un tappeto volante, non su un tram stramaledettamente caldo.

Sì, mi fido di te, Anna.

Mentre viaggiavamo Anna ha mandato un sms a Ross. Faceva parte del piano.

"Fra poco passo vicino a casa tua. Ti va se faccio un salto da te a salutarti?"

Ovviamente abbiamo deciso di tacere il fatto che ci fossi anch'io. Ero d'accordo con Anna che, nel caso, io avrei aspettato in strada, confondendomi tra le persone in giro per negozi.

"OK"

Ross ha risposto subito. Quel breve messaggio spalancava ad Anna le porte della città proibita. Buon segno che accettasse di vedere almeno lei, in un modo o nell'altro confidavo che le avrebbe fatto bene.

«Te l'avevo detto, se mi fossi invitata ieri per oggi

sarebbe stato un no sicuro, ma dicendoglielo all'ultimo momento ero certa che sarebbe stato un sì. La Rossana più vera è quella che viene fuori nell'istante! Quella che non ha tempo di calcolare e misurare. È una ragazza che va presa in contropiede».

Forte Anna, anche se certe volte fatico a seguirla. Ma forse sono le ragazze che tendono a essere contorte.

Arrivati in zona io sono rimasto lontano dal portone, ma sempre lungo la via, abbastanza vicino per poter tenere d'occhio la situazione. Ed essere pronto a intervenire se Anna me l'avesse chiesto.

Dopo quasi mezz'ora le ho viste uscire entrambe. Non sembrava che Ross stesse male, aveva la faccia di sempre, forse un pochino più pallida, anche se mi sa che d'estate, quando tutti si abbronzano, la sua pelle appare ancora più chiara.

A quel punto io non sapevo più che fare, mi sentivo in imbarazzo: dovevo seguirle a distanza, restare immobile dov'ero o addirittura tornarmene a casa? Il piano strategico studiato nei minimi dettagli mi è apparso, in quel momento, una colossale idiozia.

Anna ha quasi subito sciolto i miei dubbi, mandandomi un messaggio decisamente esplicito:

"Torna a casa, per adesso non vuole vederti. Ti chiamo stase"

Pazzesco, invece che dispiacermene sono filato via contentissimo in direzione contraria alla loro. Poi però mi sono girato e, quando non le ho più viste, ho sentito una specie di fitta allo stomaco. Ho riletto il messaggio, c'era un "per adesso" che suonava confortante.

Da quando ho lasciato *Chinatown*, fino al momento degli allenamenti, non sono riuscito a combinare un accidente, ero ancora troppo scombussolato dagli accadimenti.

Non ho studiato niente (avrei fatto meglio a esercitarmi per la verifica di mate sulle equazioni esponenziali!) e ho perso tempo chattando su Facebook con chi era loggato, scazzandomi di test imbecilli e Farmville. Davanti al PC mi sono pure rimpinzato di Pringles, olive, pane e maionese, tanto da farmi venire la nausea. La peggiore preparazione che potessi scegliere per gli allenamenti massacro di questo periodo!

Tra l'altro il Mister non c'era (gli è venuto un attacco di sciatica! Poveretto, quando gli succede deve stare a letto immobile ad aspettare che faccia effetto la puntura), così su sue indicazioni abbiamo lavorato con l'allenatore in seconda, che non mi va affatto a genio. Comunque ho voluto dare lo stesso il massimo. Quando sono in questo stato mi fa bene pompare il fisico.

Alle otto e un quarto, ancora grondante di doccia ho trovato cinque chiamate non risposte sul cell. Erano arrivate da più di un'ora, ma il telefono era rimasto chiuso nella sacca nello spogliatoio.

Mi aveva cercato Anna, di sicuro con delle novità da Ross. L'ho richiamata immediatamente, più volte, ma non ha risposto, andava subito in segreteria. Anche tornando a casa, dietro al motorino di Cecio (quando ha preso una buca stavo per cadere all'indietro!), ho continuato a chiamare, ma niente. Porca vacca! Quel silenzio mi innervosiva un casino.

A cena ho faticato a mangiare e ho fatto ancora più fatica a parlare coi miei genitori. Volevano ancora discutere insieme di Zurigo, sentire cosa ne pensavo, fare dei programmi.

«Possiamo parlarne in un altro momento, per favore?» ho risposto. Però mi è uscito un tono seccato che non avrei voluto. Loro si sono guardati in faccia e hanno cambiato discorso, senza insistere o commentare.

Devo stare attento. C'è il rischio che fraintendano questo mio comportamento. Potrebbero pensare che sto prendendo tempo perché non sono contento di andare in Svizzera.

Ma poi lo sono davvero?

Tutta questa storia mi sta incasinando. E mi confonde le idee proprio quando avrei bisogno di essere lucido per valutare bene i pro e i contro di una scelta così importante.

Risultato? Ho appena fatto centocinquanta addominali sdraiato sul pavimento della mia camera. Ora c'è più acido lattico nei miei muscoli che alla centrale del latte. Meglio che mi faccia una doccia e me ne vada a letto.

SABATO

Poco prima dell'una, mi ha svegliato un sms da Anna.

`"Scusa ero a teatro con la scuola. Bellissimo l'Edipo! Avevo spento cell. Ross sta meglio, ti chiamo doma"`

Avrei voluto scriverle: ti prego, no raccontami subito. Ma mi sono trattenuto, mi sembrava troppo tardi per lei.

Strano, pensavo che non sarei stato capace di riprendere a dormire dall'agitazione e invece sono crollato addormentato come un bebè.

Ora filo a scuola...

SABATO – PM

Stamattina presto, mentre andavo a scuola, sono riuscito finalmente a parlare con Anna. Che figata che adesso c'è il segnale anche sulla metro...

Cecio e Andre, pigiati in piedi accanto a me cercavano di intuire cosa stesse succedendo dalle mie (poche) battute al telefono e soprattutto dalla mia faccia. Quando ho buttato giù, i loro sguardi parlavano da soli: "Allora?" dicevano, affamati di news.

«È come pensavo, Toto. Rossana è entrata in crisi, non solo per te. Certo non ha affatto le idee chiare al riguardo, ma c'è qualcosa di più generale: ciò che è successo l'ha messa in discussione tutta. Soprattutto ha evidenziato le difficoltà della sua situazione. Era come se fino a ora non ci avesse voluto pensare, era tutto sepolto e adesso è venuto a galla all'improvviso. In un certo senso sei stato tu e non sei stato tu a scatenare tutto».

Ho riferito ai miei amici pari pari le parole di Anna, che avevo assorbito e ben memorizzato, ma non ancora capito fino in fondo.

«Cavolo!» è l'unica cosa che è riuscito a dire Andre. Cecio avrebbe detto di sicuro qualcosa di più colorito, ma si è fatto bastare il commento di Andre scuotendo vistosamente la testa in senso di approvazione. Non sono sicuro che anche loro abbiano capito qualcosa.

«E quando la rivedrai?» ha aggiunto Cecio poco dopo, volendo arrivare al sodo.

Gli ho risposto che non ne ho la più pallida idea, ma mi sono tenuto per me che spero sia prestissimo.

SABATO – NOTTE

Non potevo aspettare ancora, da troppi giorni mi frullava in testa l'idea. Doveva solo arrivare l'occasione giusta per dirlo agli amici. E proprio stasera Andre aveva la casa libera: i suoi erano a cena fuori Milano e sarebbero arrivati tardissimo!

Tanto per iniziare ho portato e cucinato gli hamburger per tutti visto che, non so davvero come sia accaduto, mi sono ritrovato addosso il titolo di vivandiere ufficiale del gruppo. Sono stato un drago, perché la mamma di Andre ci aveva lasciato la cucina solo a patto di ritrovarla perfetta al suo ritorno e così è successo; a pulizie fatte nessuno avrebbe mai solo potuto immaginare la quantità di olio che sono riuscito a schizzare sui fornelli. Esisterà un modo per friggere gli hamburger senza fare tutto quel casino?

Dopo cena è arrivato il meglio: abbiamo steso sul tavolo il nostro tappeto verde iperprofessionale, aperto la valigetta con le fiches luccicanti ed è stata serata super poker. Io, Cecio, Andre e suo fratello Keivi, più grande di un anno. Lo chiamano così perché è un mago sullo skate e sa fare quella mossa impossibile in cui si lancia lo skateboard in aria e ci si salta sopra prima che tocchi terra! È proprio un bel tipo, non se la tira per nulla. È più grande di un armadio e potrebbe ammazzarti con un rovescio, ma è buono come il pane e gli vogliono tutti bene. Fa anche lui il Volta e sta preparando la maturità. A vederlo non sembra affatto stressato, anzi è sempre disponibile ad aiutare anche noi più piccoli con le verifiche. Noi lo sfruttiamo soprattutto per matematica, perché è un genio. Non lo batte nessuno, e infatti è l'unico delle quinte ad avere dieci!

Una birretta ciascuno (no, io no. Resto astemio secco! Per me solo fiumi di succo di pera!), luci basse e massima concentrazione. Sembravamo in un film Ocean qualche cosa, almeno io mi sentivo figo come Brad Pitt; e infatti per l'occasione ho tenuto su gli occhiali da sole!

Alle dieci abbiamo deciso una pausa dal gioco e io mi sono detto: "adesso o mai più". Così, ho fatto un respirone e ho trovato il coraggio di vuotare il sacco, non aveva senso continuare con quella messinscena.

«Ragazzi c'è una cosa che non vi ho ancora detto...» ho buttato lì all'improvviso.

I tre, restando in perfetto silenzio, hanno iniziato a fissarmi. Io ho deglutito, prima di continuare.

«Non ve l'ho detta perché mi sono impegnato a tenerla riservata, ma stare ancora zitto con voi sarebbe una vigliaccata. Siete i miei amici, accidenti. Non ce la faccio a tenervi nascosta una cosa così».

Cecio si è seduto meglio sulla sedia, spostando indietro il sedere e appoggiando i gomiti sul panno verde. Secondo me pensava che mi riferissi a qualche novità clamorosa nella storia con Rossana.

«Mi hanno contattato i selezionatori di una squadra estera e vorrebbero che andassi da loro per il prossimo campionato...»

«Che figata!» ha sparato Andre sottovoce.

Cecio è rimasto ancora zitto, il suo sguardo fisso non tradiva nessuna emozione.

«Però mi sono saltati addosso un casino di dubbi e adesso non so che fare. È anche per questo che ho bisogno di voi...»

«Fermi tutti, qui ci vuole un altro giro di birre!» è stato il commento deciso di Keivi, che si è alzato all'istante per andare in cucina interrompendo bruscamente il discorso. Che tipo, non pensa che a bere e mangiare!

Noi siamo rimasti ammutoliti a guardarci in faccia finché lui non è tornato. Con le braccia stringeva tre lattine, un litro di Santal per me e un'insalatiera colma di tacos con annessa ciotolona di salsa messicana superpiccante; il massimo è stato quando ci ha strizzato l'occhio gongolandosi tutto.

«Oh raga, offro io. Direttamente dalla mia dispensa personale!»

Andre in quel momento si sarebbe sotterrato vivo...

«Se ti fidi di noi, devi raccontarci tutto però; sennò è inutile. Altrimenti riprendiamo a giocare e facciamo finta di non aver sentito niente» è intervenuto Cecio forse un po' seccato dalla mia esitazione. Lui sa sempre cosa fare e dire. Per questo mi piace, anche se certe volte mi sembra persino esagerato.

Così ho iniziato a riferire loro la proposta che lo Zurigo mi ha fatto, ho accennato al prossimo trasferimento, al college dove andrei e ci ho infilato in mezzo anche i mille dubbi che intanto mi sono sorti. I tre intervenivano in continuazione a chiedere nuovi dettagli, che io stesso mi ero accorto mancavano al mio racconto, rendendolo a volte difficile da seguire per loro.

Abbiamo tirato le undici e mezzo a discutere, senza riprendere il poker. Anzi a un certo punto ci siamo anche spostati sul divano per stare più comodi; è stato il momento in cui sono entrati in scena chili di Mars e Bounty, sempre recuperati da Keivi in qualche angolo segreto della casa.

Più parlavo, più i miei amici sembravano eccitati, man mano si divertivano a fare ipotesi sul futuro; non solo mio, anche loro. Si sono addirittura candidati per fare i miei procuratori iniziando a discutere le loro percentuali!

Alla fine Cecio ha proposto un brindisi (terzo giro di birre!), con un tono un po' epico, come gli piace fare e gli viene bene: «Al nostro Toto, cui saremo vicini nella buona come nella cattiva sorte! Noi tutti però siamo ultracerti che la sua sorte sarà delle migliori e che lui, da campione, non si scorderà mai dei suoi amici della prima ora! Quindi, brindando a lui, questa sera brindiamo anche a noi stessi, perché la sua fortuna sarà anche la nostra! Uniti per sempre!».

«Uniti!» abbiamo solennemente ripetuto in coro.

A quelle parole mi sono commosso, e non l'ho neanche nascosto. Ho sentito con piacere una specie di liberazione da un peso insopportabile: non ne potevo più di quel segreto con loro. E il loro entusiasmo mi ha contagiato.

I miei amici sono davvero dei grandi. Certo che non mi scorderò di loro. Come potrei?

Magari dovremo negoziare un po' sulle percentuali come procuratori...

MERCOLEDÌ

"Esco a 1.50"

Nient'altro. Nemmeno la firma, nemmeno la solita R.

Il messaggio di Rossana è arrivato inatteso come un rigore al novantesimo minuto.

Meno male che avevo ormai finito la verifica di inglese e dovevo solo rileggerla prima di consegnarla, perché da quel momento in poi non ho capito più niente.

Avrò letto e riletto il messaggio almeno venti volte prima di girarlo a Cecio; sembrava impossibile crederci. A un certo punto ho persino pensato che fosse uno scherzo di cattivo gusto.

Ma perché mai, poi?

Anche Cecio non ha capito subito e ha frainteso che stessi scrivendo a lui.

"??? Ma gg non usciamo a 1.30?"

Avrà pensato che sono proprio stordito...

"Non io, pirla! Rossana"
"Ah!"

Dall'altra parte della classe mi ha lanciato un'occhiata di intesa.

"Motorino al Carducci?"
"Motorino!"

E dire che oggi non ho con me neanche il berrettino da figo. Forse però non serve. O è addirittura meglio così. Voglio che questa volta Ross incontri il vero Toto, non una sua caricatura.

P.S. Ma chi sarà mai il vero Toto? A volte mi sembra di non saperlo nemmeno io.

Mercoledì – PM

Siamo arrivati a piedi fino a piazza Lima, prima che lei iniziasse a parlare. Tutto viale Brianza, piazzale Loreto e un pezzo di Buenos Aires in silenzio. Le sono stato accanto zitto e, quasi senza accorgermene, ho allineato il mio passo col suo. Anch'io faticavo a trovare le parole per iniziare.

Non ci siamo neanche guardati in faccia. Le camminavo solo vicino, sapevo che prima o poi mi avrebbe detto quello che provava.

È che non ero del tutto sicuro di volerlo sentire.

«È tutto un gran casino» ha iniziato Ross.

Cominciavamo bene, su questo eravamo perfettamente d'accordo.

«È tutto un gran casino, prima o poi avrebbe dovuto succedere. Non è colpa tua Toto, credo solo che tu ti sia innamorato della persona sbagliata. Io non sono mai libera. Intendo non mi sento libera di essere quello che sono, anzi non c'è una sola Rossana in me, ce ne sono almeno due e io non capisco come fare. Vedi, se a casa parlo in italiano con mia sorella durante la cena i miei mi riprendono, anche duramente: non è quella la lingua da usare. Se ascolto la Pausini non va bene, devo per forza appassionarmi a Jolin Tsai che non so neanche chi è, solo perché è una star a Beijing. Non posso portare il *Corriere* a casa, parla troppo poco dei nostri affari. È lo *Europe China News* che si deve leggere! Così quando sono in casa devo difendere il mio essere italiana: io sono nata qui, vivo qui, ho amici di qui. Sento che è questo il mio posto, è questa la mia cultura. Lo dicono anche i miei gusti, i miei pensieri, come mi vesto e come mi sento. Anche il fatto stesso che io esista è legato all'Italia, i miei sono venuti in questo paese perché in Cina non avrebbero potuto avere un secondo figlio, è vietato dalla legge, e invece volevano tenermi. Al punto di scappare con mille incertezze sul loro futuro, tranne l'unica certezza che davvero contava per loro: che io potessi nascere».

Forse per la prima volta ho sentito una punta di commozione mentre mi parlava dei suoi. Non l'ho interrotta però, anche perché era impossibile farlo!

«Eppure non sono ancora una vera italiana. Quando vado in giro, la gente non vede me, vede solo la Cina e gli stereotipi su quel paese: il design copiato, la mafia, i laboratori nascosti dove imitano le borse griffate, l'invasione del mercato, la merce a basso prezzo, i giocattoli tossici, i cinesi che a Milano non muoiono mai, i morti che diventano saponette, il cibo avariato nei frigoriferi dei nostri ristoranti... E allora io mi sento attaccata, mi sento colpita in ciò che ho di più personale e non riesco a dire io non c'entro. Proprio ciò da cui ogni giorno cerco di prendere le distanze ritorna prepotente e mi costringe a prenderne le difese, a riaffermare ogni volta che io sono cinese e non voglio vergognarmene. Allora mi trovo a ricordare che essere cinese non significa per forza essere ambiguo, infido, pericoloso, disonesto. È vero, mio padre e mia madre hanno lavorato per anni nei laboratori clandestini e ci hanno fatto vivere a lungo in un appartamento in subaffitto e affollato, ma lo hanno fatto solo perché volevano diventare autonomi. Il loro obiettivo era avere quei soldi necessari per avviare un'attività in proprio, il loro vero sogno. Ora hanno la licenza del bar e del ristorante, sono soddisfatti di quello che hanno realizzato con la loro fatica. Lavorano e pagano le tasse, come tutti. Odio quando gli italiani ci guardano con disprezzo o anche solo con sospetto! Siamo qui da anni, perché è come se fossimo appena arrivati? Perché nessuno è disposto a darci fiducia?»

Ho lasciato passare un po' di tempo prima di intervenire. Volevo essere sicuro che avesse detto tutto. Da parte mia non avevo molto da commentare, la sua analisi era lucidissima e la sua conoscenza della situazione decisamente migliore della mia. Però una cosa io l'avevo ben chiara in testa.

«Non è vero che mi sono innamorato della persona sbagliata».

Lei si è fermata e si è girata a guardarmi. Sembrava incredula. E infatti: «Come fai a dirlo? Da quando mi conosci sono venuti fuori solo pasticci... anche su Zurigo ti ho messo in difficoltà, invece di aiutarti a decidere e sostenerti nella scelta, ho fatto delle assurde scenate. Me ne vergogno così tanto...».

Faticavo a crederci: Ross non aveva mai parlato così e soprattutto per la prima volta tirava fuori Zurigo. Dovevo rispondere alla sua domanda, sapevo che non potevo lasciarla cadere così.

Eravamo intanto arrivati ai giardini di via Palestro e avevamo deviato sulla strada per il parco, avvicinandoci al nostro ippocastano. Intorno a noi i bambini si divertivano sullo scivolo e dentro al castello di legno col ponte traballante e la corda coi nodi per arrampicarsi.

«Ross, sono stati dei mesi intensi, questo sì, magari anche un po' confusi, ma sono sicuro che non sei la persona sbagliata e soprattutto non è vero che sono venuti solo pasticci da te. Lo ammetto, le prime volte che ci siamo incontrati mi aveva colpito solo il tuo aspetto. E ho capito subito che eri cinese, non sono mica un idiota; ma io non vedevo tutto quello che tu dici, non vedevo il racket mafioso o chi ci ruba il lavoro; io vedevo una ragazza molto carina e intrigante, con un sacco di fascino. Mi ha colpito il tuo portamento, il modo con cui ti sposti i capelli dagli occhi, come muovi le mani, il tuo corpo esile e delicato. Poi però ho imparato ad apprezzare anche altro. Mi sono sorpreso di come potessi studiare e contemporaneamente lavorare al bar e al ristorante e in più essere così brava a scuola; io, che prima mi lagnavo persino di dover andare agli allenamenti, ho iniziato a guardare alla realtà in un modo diverso. In fin dei conti sto facendo quello che voglio e che mi piace più di tutto, non ho diritto di continuare a lamentarmi. Grazie a te ho iniziato a studiare diversamente, in modo più serio, e i risultati sono venuti, se ne sono accorti tutti. Ho persino tirato su il latino! È con te che ho imparato a scoprire un mondo diverso che non conoscevo, ma affascinante, ed è con te che vorrei continuare a stare. Perché stando con te, ho a poco a poco scoperto di più anche di me stesso».

Rossana ha continuato ad ascoltarmi, i suoi occhi ridotti a due minuscole fessure; così ho ripreso, tutto di un fiato approfittando del silenzio.

«È anche grazie a te che, in cuor mio avrei deciso di andare a Zurigo, di provarci. So che sarà dura, in ogni senso. Duri gli allenamenti, duro stare lontano da casa, duro imparare l'inglese e il tedesco, duro studiare in un posto così diverso, duro non avere amici là e ricominciare tutto da capo. Ma da te ho imparato a non avere paura della fatica, ho imparato, che per avere un risultato, occorre investire tempo ed energie, che le cose non vengono da sole. Me lo hai appena confermato parlando dei tuoi e di cosa sono stati disposti a fare pur di averti. Me lo hai insegnato ogni giorno che hai tirato su la saracinesca del bar e preparato caffè e cappuccini a dei depravati che ti facevano proposte oscene».

Intanto i bambini davanti a noi stavano aumentando, ormai ce n'erano almeno una ventina a trafficare coi giochi. Il sole era alto in cielo e faceva ancora un gran caldo. Ho guardato l'orologio e mi sono accorto che per lei si era fatto tardi. Così mi sono alzato per uscire dal parco, tanto ormai avevo detto tutto quello che mi importava.

«Sono le quattro e mezza, dovresti essere già al bar da un pezzo».

«Al diavolo il bar, almeno oggi. Possono fare a meno di me per un giorno».

Poi mi ha baciato come non ha fatto mai. E lì ho capito davvero che avevo ragione io. Non mi sono innamorato della persona sbagliata.

Prima di andare via abbiamo strappato una pagina dal suo diario, ci abbiamo di nuovo scritto i nostri nomi, l'abbiamo piegata e l'abbiamo infilata nella fessura sul tronco del nostro albero. Il tremolio delle foglie provocato da un improvviso refolo di vento ci ha fatto pensare che l'ippocastano avesse sorriso. Forse perché questa volta il suo nome era scritto in cinese e il mio in italiano.

Giovedì

Oggi pomeriggio mamma e papà hanno firmato il mio ingaggio nella sede della squadra alla presenza del Mister e del selezionatore straniero. La mia firma da minorenne non ha valore legale, ma me l'hanno fatta aggiungere lo stesso, credo come segno di impegno personale. Era un documento di tre pagine scritto fitto fitto con tutti i termini del contratto. Papà lo ha letto più volte molto attentamente prima di firmare; ci ha impiegato un'eternità, con tutti che lo stavano a guardare e aspettare, e per un attimo ho visto che ha esitato.

Tre anni nella primavera dello Zurigo, prospettiva della prima squadra non appena possibile, forse ancora prima della fine del contratto.

Quello che mi ha sorpreso è che vogliono che vada lì subito, appena finita la scuola, il che vuol dire fra meno di quindici giorni. Pare che mi paghino anche un corso estivo di inglese e tedesco, in modo da poter essere pronto a fine agosto per l'inizio della scuola. Questo secondo loro, ovviamente. Ma come si fa a essere davvero pronti per una cosa così?

Mamma e papà all'inizio verranno su con me per un po', in modo da vedere come mi sistemo e per accertarsi che non ci siano difficoltà.

Accidenti, sta andando avanti tutto così in fretta che fatico a crederci, e forse anche a rendermi conto davvero di che razza di passo significhi per me. È incredibile come uno insegua un sogno, inconfessato a tutti, e quando arriva il momento in cui può realizzarlo sorgano così tanti dubbi e perplessità.

Perché non riesco a gridare un sì senza riserve? Perché all'improvviso mi sembra di averci solamente da perdere in questa scelta? Forse è solo la paura che assale alla vigilia dei grandi cambiamenti, forse è solo questo.

Meglio telefonare a Cecio. Lui sa sempre cosa dire.

Venerdì – sera

Oggi è stato il gran giorno! E meno male che la sciatica del Mister è passata: con le sue urla a bordo campo l'allenamento è stato tutta un'altra storia e poi non avrei mica potuto fare l'annuncio dello Zurigo da solo!

Al rientro negli spogliatoi, infatti, lo abbiamo ufficialmente comunicato alla squadra, io e il Mister. Anzi il Mister e io, visto che, mentre lo annunciava, io me ne sono restato in disparte, in fondo al corridoio, quasi rintanato dentro le docce.

Strano, invece di esserne contento o addirittura orgoglioso, con i miei compagni ho provato una specie di vergogna. In quel momento avrei preferito che avessero scelto un altro e che l'annuncio riguardasse lui, non me; mi sono sentito come se facessi un torto a qualcuno, se togliessi una possibilità a un altro che forse se la meritava di più. Lo so che è una vaccata galattica, ma ha buttato così.

Cecio e Andrea invece sono stati dei grandissimi attori; hanno fatto finta di non sapere niente e hanno tenuto il gioco alla perfezione, mettendo su una faccia stupitissima: addirittura sono stati i primi a venire a battermi il cinque scandendo il mio nome con un coro da stadio!

Secondo me il Mister se ne è accorto, mi conosce troppo bene per pensare che avessi davvero taciuto con loro.

Comunque, quando è andato via e mi ha lasciato in mezzo ai compagni, mi ha strizzato l'occhio. Come per dire, hai visto che è andato tutto bene? E io mi sono sentito finalmente sollevato.

Vorrei non fare più niente di nascosto, però. Mi pesa troppo.

Lunedì

Oggi in centro è arrivata un'altra doccia fredda. Improvvisa e completamente imprevista. Non ci voleva proprio e soprattutto non me la meritavo. Appena ieri sera ho iniziato a sentirmi più leggero...

Verso le tre mi trovavo con Rossana in via Torino perché volevo disperatamente comperarmi un paio di bermuda a quadretti, stavo per entrare in un negozio quando di colpo sulla porta lei mi ha fermato trattenendomi la spalla con una mano.

«Devo parlarti» mi ha detto, e dal tono ho capito subito che c'era qualcosa che non andava.

«Adesso?»

«Adesso».

Ho fatto marcia indietro e ho preferito evitare commenti; ho solo sbuffato, ma forse non l'ha nemmeno notato.

Così, sotto un sole allucinante che spaccava il cranio, siamo tornati in piazza.

Da lontano abbiamo visto che una panchina di marmo a lato del Duomo si stava liberando di un gruppetto di bimbi-minkia e le loro tipe (che pena!) e di corsa ci siamo fiondati a occuparla.

Siamo rimasti seduti uno accanto all'altro non so quanto, mentre davanti a noi, in canotta e pantaloncini, sfilavano truppe di turisti di cui non ci importava niente. Era come se fossero trasparenti per noi, dei fantasmi: in quel momento non esisteva nessun altro essere sulla Terra.

«Allora, si può sapere che c'è?» le ho chiesto un po' spazientito. Ormai la conosco strabene e so riconoscere perfettamente quando stanno per arrivare le brutte notizie.

Lei si è voltata verso di me e ha sparato.

«Secondo me non dobbiamo vederci più».

Io ho accusato un attimo il colpo, poi mi sono alzato di scatto.

«Forse il troppo sole ti ha fatto male, se vuoi corro a comprati subito un cappellino. Se non sbaglio dovrebbe esserci la bancarella di un cinese proprio dietro l'angolo; sai, quelli lì hanno roba carina a buon prezzo...»

Ho cercato di fare lo spiritoso, ma in realtà stavo scappando. A dire la verità la volevo anche toccare nel vivo, non mi piaceva quello che avevo appena sentito e soprattutto ciò che ne sarebbe seguito. Eppure lei non se l'è presa, non ha minimamente raccolto la mia provocazione e ha continuato imperterrita.

«Non fare lo stupido. È una cosa seria».

«Noi due siamo una cosa seria, non le stronzate che ti girano in testa» ho perso la calma e ho fatto per andarmene davvero lungo i portici.

«Siediti e ascoltami» la sua voce era stranamente calma, dolcissima. «Può darsi che siano stronzate, ma comunque le ho in testa. Almeno ascoltale tu. Ci ho pensato tutta la notte».

Che potevo fare? Mi sono sdraiato accanto a lei sulla panchina, a pancia in su, e attendendo le sue parole ho istintivamente lasciato correre lo sguardo verso l'alto. È stata la prima volta in vita mia che osservavo la Madonnina da quella prospettiva: ho avuto la strana impressione che dalla sua guglia altissima stesse vegliando anche su di me, oltre che sulla città distratta che non se ne accorgeva nemmeno. Incredibile! All'improvviso mi sono sentito protetto e più forte mentre Ross attaccava con le sue menate. Non saprei definire cosa mi è preso né se sia stata solo suggestione, ma ho avvertito crescere dentro una strana energia: avevo anch'io le mie ragioni da difendere, non potevo solo subire.

«Secondo me non dobbiamo vederci più».

«Questo l'hai già detto».

«Se non mi interrompi magari riesco anche a continuare, grazie!»

«Prego, non c'è di che!» e con un balzo mi sono ritrovato di nuovo in piedi simulando un inchino come sventagliando un cappello.

Almeno un sorriso in quel modo ero riuscito a strappargliela (ma era di compassione?). Speravo fosse servito a qualcosa.

«Toto, è inutile che tu faccia finta di niente, non sviare il discorso: lo sappiamo entrambi che la storia di Zurigo è destinata a separarci».

«Questo lo sai tu, accidenti! Io non ci credo».

«Toto, calmati e ragiona: starai via tre anni, avrai infinite altre occasioni, certo migliori di me. Ci sono milioni di storie più semplici che potresti iniziare, con persone molto più attraenti».

Ha usato proprio questa espressione: *molto-più-attraenti.*

«Con me è troppo complicato, è tutto difficile. Che senso ha stare insieme?»

Io non ci ho più visto. La determinazione che era cresciuta in me poco prima mentre ero sdraiato stava per esplodere con la potenza di un'atomica. Sapevo che avrebbe bruciato tutto, magari raso al suolo anche il nostro rapporto.

Ma era il momento.

«Ross, piantiamola con l'alibi della Cina. Non c'entra nulla! Nulla! Tu non sei complicata, sei uguale a tutte le altre. E cretino io che mi ero illuso di avere incontrato una ragazza diversa! Anzi sei peggio delle altre. Col fatto che provo a fare il calciatore professionista mi consideri automaticamente in caccia di stupide biondone tutte curve. Mi vedi già circondato da veline tutte moine che fanno le sceme con me...»

«Io non ho mai parlato di veline...» ha commentato Ross con un filo di voce. Forse si vergognava, comunque non aveva più il coraggio di guardarmi in faccia e con il piede giochicchiava per terra con una cicca di sigaretta infilata tra i sassi.

«Non ne hai parlato, ma è quello che hai pensato. Non sono uno stupido, certe cose le capisco. Sai che ti dico? Sono stufo, S-T-U-F-O-M-A-R-C-I-O! E anche profondamente offeso. Continui a ripetere che sono io a non capirti, invece sei tu che non hai capito un cazzo di me. Tu non guardi la realtà, segui solo quello che hai in testa. Anche di me, vedi solo quello che hai deciso tu e in fondo sei convinta che sia il classico ragazzotto gasato che si monta la testa e che appena è lontano dimentica tutto. È chiaro, non ti sforzi neanche di fidarti di me e credere alle mie promesse. Mi spiace Rossana: avrai dieci in tutto, ma zero nella vita. Nella tua presunzione questa volta hai sbagliato di grosso...» e mi sono alzato, questa volta definitivamente.

Poi, a qualche passo di distanza, prima di infilarmi giù dalle scale della metro, ho aggiunto a voce alta, facendo attenzione che mi sentisse bene: «Anzi no, stavolta almeno hai avuto una grande idea, sono perfettamente in linea con te: anch'io penso che non dobbiamo vederci più».

Lunedì - dalla metro

"Anna per favore ho bisogno urge di vederti"

"Stiamo facendo un gruppetto di studio di greco al Circolino. Qualcosa di grave?"

"Sì con Ross. Vengo dove vuoi quando vuoi basta che oggi ti riesca a parlare"

"OK ti faccio sapere fra un po'. Vedo quando finiamo"

Grazie, grazie, grazie! Mi sono subito rivolto ad Anna. Non perché questa volta parli al mio posto a Ross, ma perché si fermi a parlare con me. Sento che può aiutarmi.

Ci siamo incontrati alla fermata di Lima che erano quasi le sette e ci siamo seduti al solito Mac. Milkshake alla fragola per me e patatine maxi per lei.

Avevo fretta di raccontarle l'assurda scenata che era da poco successa al Duomo, per non fare errori me la ero ripetuta fra me e me almeno una decina di volte mentre l'aspettavo; ero ancora scosso, tanto che mi tremava la voce.

Lei ha ascoltato con attenzione, distratta di tanto in tanto ad annegare le patatine nella salsa barbecue.

«Non è possibile che un giorno io vada bene e il giorno dopo non più, non può prendermi e mollarmi come le pare. Non credi? Forse ha ragione lei, è meglio che non ci vediamo più» ho concluso. Poi mi sono buttato nervosamente sul mio milkshake, che intanto si era un po' sciolto.

Anna ha aspettato di avere in mano l'ultima patatina prima di attaccare a parlare.

«Toto, la nostra amica è in una situazione impossibile. L'hai capito o no? Forse Ross te l'ha detto che sono stata l'unica compagna che ha fatto entrare in casa e ha avuto il permesso di conoscere i suoi. Io ho potuto sentire con le mie orecchie cosa dice sua madre: i ragazzi vanno lasciati stare fino all'università! Sono solo distrazioni pericolose. Non potevo crederci: fino alla laurea? E poi quando lo trovi un ragazzo, quando hai trent'anni? Rossana faceva una faccia... credo si vergognasse a morte. Di solito non commentava, si limitava a cercare di cambiare discorso e quando proprio non ci riusciva mi trascinava via in camera sua con la scusa che dovevamo cercare un nuovo libro. Eppure questa è l'aria che respira tutti i giorni, anche se non vuole, anche se non le piace. E all'improvviso sei arrivato tu. Tu hai scatenato qualcosa che nemmeno immagini: un ragazzo, italiano per giunta, che si propone addirittura prima della maturità. Tu sei il guaio che è arrivato a distrarre, a sottrarre tempo allo studio e al lavoro, ai doveri famigliari. Lo sai che negli ultimi tempi Ross ha iniziato a non prendere più dieci, ma otto nelle verifiche? Io con otto faccio i salti di gioia, ma per i suoi genitori, e anche per lei, questo non è minimamente accettabile. È un chiaro segno che si sta distraendo dai suoi compiti, ossia che non è più una buona figlia, che non sta ripagando i genitori dei sacrifici che hanno fatto solo per lei. E di sacrifici, credimi, ne hanno davvero fatti un'infinità».

«Lo so...» ho provato a intromettermi, ma Anna non aveva finito.

«Tu hai sconquassato tutti i valori, i criteri di giudizio, i propositi che bene o male avevano tenuto per tutta una vita, fino a qualche mese fa. Improvvisamente. Quando l'hai scontrata in metropolitana la prima volta, non si sono semplicemente scontrati due ragazzi, si sono scontrate *due intere civiltà*. Lei l'ha intuito e al tempo stesso l'ha temuto subito. Aveva usato queste stesse parole con me, il giorno dopo in classe: *due intere civiltà*. Io l'avevo guardata stupita, senza capire a fondo di cosa stesse parlando. Soprattutto non capivo perché la spaventasse tanto aver ricevuto attenzioni da un ragazzo carino, che sembrava pure un tipo a posto, non uno dei tanti sfigati che girano per le strade con l'idea fissa di abbordare una ragazza. Solo dopo, col passare del tempo e il crescere della vostra storia, ho capito un po' di più cosa intendeva quella volta».

Poi ha concluso così, con una mazzata: «Toto, senza volerlo ti sei trovato dentro le sabbie mobili. Su questo ha ragione Rossana: ci sono migliaia di storie più facili per te. Sta' attento a non farti soffocare da questa situazione, perdereste in due e sarebbe davvero un peccato per entrambi».

A quel punto si è mangiata l'ultima patatina ormai molle e fredda, succhiandosi le dita sporche di salsa.

«Ma io non voglio rinunciarci! Non è possibile che debba finire tutto in questo modo. Dobbiamo per forza scomodare lo scontro di civiltà? Non possiamo provare a risolvercela fra noi ragazzi? Non ci sto a essere il protagonista di un remix di Giulietta e Romeo!»

Così le ho risposto, di getto.

Anna mi ha guardato con ammirazione: «Buona questa, non ci avevo pensato!». Poi, da sotto i cartocci vuoti ha sfilato la tovaglietta di carta di Mac, piena di patacche di unto, indicandomela con le dita.

«Leggi qua» mi ha detto.

«Carne italiana al 100%. E allora?»

«Lo capisci lo scontro di civiltà? Se ci fosse scritto carne cinese al 100% credi che la gente continuerebbe a venire a mangiare qui?»

«Scusa, ma che c'entra? Io non sono mica un hamburger!» francamente non capivo a cosa Anna si riferisse.

«Allora non vuoi capire: è qui che si gioca lo scontro!» ha risposto come se i nessi logici fossero tutti perfettamente a posto. Eppure più ci penso più mi convinco che non lo fossero...

Io sono rimasto zitto a pensare, non sapevo più che dire. Tuttavia continuavo a non sentirmi bene nella parte dell'hamburger.

«Te l'ho già detto, siete in una storia più grande di voi. Troppo grande, forse. Ma capisco che ormai ci siete dentro fino al collo...»

Poi ha fatto una lunga pausa, con la faccia concentratissima, si vedeva che stava pensando a qualche soluzione.

«L'importante a questo punto è evitare mosse affrettate; di sicuro avete bisogno di rifletterci bene. Tutti e due. Prendetevi del tempo, forse è la cosa migliore. Tu piuttosto, preoccupati intanto di andare davvero a fondo della tua strada. Io sono certa che se è buona per te, allora lo sarà anche per Ross. Non è mai il caso di sprecare le occasioni: se è arrivata la proposta dello Zurigo proprio in questo momento della tua vita io credo ci sia un motivo, niente accade per caso! Probabilmente l'unico modo per affrontare bene la situazione è essere leali con se stessi. Adesso ti viene chiesto di lavorare per diventare un grande calciatore. Devi mettercela tutta. Forza!» è stata la conclusione di Anna e dicendolo ha sferzato un pugno nell'aria.

Come per dire "sono con te", o "ce la puoi fare". Almeno a me è sembrato così.

Sono tornato a casa ancora più confuso di prima. Le sue parole mi continuavano a girare in testa, un po' mi stupivano, un po' mi spaventavano. Le ho chiesto cosa fare con Ross e lei mi ha indicato di diventare un fenomeno con la palla! Un nesso doveva pur esserci, ma non riuscivo a vederlo.

Avrei tanto voluto confrontarmi anche con papà, ma non sono riuscito a trovare il momento giusto. Dopo cena lui doveva lavorare a una presentazione al computer, gli ho ronzato un po' intorno, ma non ho avuto il coraggio di interromperlo per parlargli di me. E poi non è mica facile, anzi è stramaledettamente difficile.

Per una serata così non restano che i Beatles sull'ipod. Loro mi piace ascoltarli col volume al minimo.

Ah! Look at all the lonely people...

Stamattina papà è entrato in camera mentre mi stavo infilando la maglietta di Homer Simpson che mi ha prestato Cecio e mi ha proposto di fare colazione insieme fuori; dopo mi avrebbe accompagnato lui a scuola in macchina. Mi sa che ieri sera deve avere capito le mie intenzioni...

Siamo andati da Bastianello vicino a San Babila, dove fanno delle brioche da urlo. Lui è golosissimo e ci tiene a mangiare le cose migliori. Per quanto riguarda il cibo è un vero intenditore, riesce sempre a scovare i posti giusti.

«Un decaffeinato macchiato, un succo di pera, una brioche alla marmellata e una bomba alla crema».

Io lo aspettavo seduto al tavolo, lo guardavo mentre ordinava e mi chiedevo cosa avrei mai potuto dirgli. Da cosa sarei partito?

Invece è stato lui a iniziare per primo, non aveva ancora appoggiato la tazzina del caffè sul tavolino che già mi parlava.

«Antonio, non so cos'hai, né cosa sta succedendo, ma non ti vedo contento. Ne ho parlato anche con mamma e pure lei è d'accordo che qualcosa non sta andando per il verso giusto. Se ci sono delle preoccupazioni riguardo a Zurigo non tenerle per te, possiamo provare a risolverle insieme. Siamo sempre in tempo. Se hai dei ripensamenti basta dirlo, noi siamo con te. Non ci serve un figlio campione e triste, a noi vai bene come sei. Anzi mamma dice sempre che sei già un campione per noi. Vorrei rassicurarti su questo: possiamo aggiustare tutto, tranne il fatto che tu non sia contento».

Antonio. I miei sono gli unici a chiamarmi ancora così. Mi fa un po' impressione sentire il mio nome pronunciato per intero. A volte anche loro usano Toto, ma quando la faccenda si fa seria io torno a essere Antonio. E non mi dispiace.

«Pa', non è solo per Zurigo. Anzi non è principalmente per Zurigo...»

Ma da dove si poteva partire a raccontare tutto quello che era successo?

Papà è rimasto in silenzio. Così mi sono sentito di dover continuare; prima ho buttato giù un boccone di bomba. Con i baffi di crema però, mi sentivo ancora meno credibile.

«È per una ragazza...»

Ancora silenzio.

«Si chiama Rossana, ha la mia età, fa il Carducci ed è cinese. Forse è questo il vero problema».

«Sarebbe un problema che fa il Carducci?»

Papà scherza sempre.

«Dai pa', hai capito benissimo: è una cinese».

«E allora?»

Non credo volesse giocare al politicamente corretto, sembrava sinceramente stupito dalle mie parole. E io ancora di più dalla sua reazione.

Così ho provato a spiegargli tutto (be', quasi), partendo dal mitico inizio in metropolitana di qualche mese fa. Ho solo tralasciato di raccontare la gita non autorizzata a Bergamo e ho ammorbidito abbondantemente la scena al ristorante, che alla fine è diventata una specie di scaramuccia cordiale. Invece mi sono soffermato soprattutto sulla storia dello scontro di civiltà che mi era rimasta stampata in testa dopo l'ultimo colloquio con Anna.

Lui molto discreto ha ascoltato con attenzione, senza intromettersi, senza fare domande. Così è stato più facile per me parlare tutto di seguito. Magari sono stato un po' confuso nell'esposizione, ma sono riuscito a spiegargli la faccenda in modo abbastanza comprensibile. Almeno mi pare.

Poi ha iniziato lui, una volta che era certo che non avessi nulla da aggiungere.

«Non è facile, sai, dare consigli in questi casi. E poi forse non servono nemmeno. Da quello che dici ci sono tanti fattori che in questo momento stanno interferendo e che ti rendono difficile capire cosa è meglio per te. Se devo essere completamente onesto, però, fatico a capire tutta questa angoscia sul futuro. Guardiamo alla situazione così com'è: hai conosciuto una ragazza che ti piace e anche tu piaci a lei. Sembra che stiate bene insieme e che il vostro rapporto vi abbia fatto bene nell'affrontare la realtà: tu dici che grazie a lei hai guardato allo studio in modo diverso, ti sei impegnato di più, che anche nella faccenda di Zurigo lei è stata importante nella tua scelta personale di andare. In fin dei conti hai potuto concludere che i tuoi allenamenti saranno un lavoro, esattamente come è stato per lei il bar e il ristorante, magari addirittura più piacevole. Soprattutto hai capito che non saranno necessariamente in conflitto con lo studio e il resto della tua vita. Quindi il rapporto con lei ti ha fatto bene, sotto molti aspetti».

Io l'ho guardato stupefatto, la sua capacità di sintesi mi ha davvero impressionato. Ma non aveva finito e voglio ricordarmi bene le sue parole.

«Da quello che dici anche a Rossana stare con te ha portato dei vantaggi, non foss'altro riaprire la questione del rapporto con i suoi e la sua gente. Magari è doloroso per lei in questo momento, ma prima o poi avrebbe dovuto affrontare la questione. È importante che trovi il suo posto nella vita, prima accadrà e meglio sarà per lei. Io innanzitutto starei a questi fatti che mi sembrano oggettivamente buoni. Intendi bene, non sto negando le difficoltà di Rossana, con se stessa soprattutto. Questa è la realtà con cui lei deve fare i conti adesso e non si può pensare che questa situazione non abbia effetto anche sul vostro rapporto. Lo capisci bene anche tu».

«Pa', io vorrei fare qualcosa...»

«Credo che la cosa migliore che tu possa fare in questo momento sia evitare pressioni e soprattutto non forzare le cose. È solo nel tempo che, sia tu sia lei, potrete capire se questa storia ha un futuro, senza fare l'errore di chiudervi uno sull'altro, anzi perseguendo ciascuno, e insieme, quello che corrisponde di più ai desideri che sono nati in voi. Antonio, non pigiare mai sull'acceleratore, se non hai chiara la strada davanti a te».

Quando ha finito io avrei voluto abbracciarlo, ma è da tanto tempo che ho smesso di farlo. Forse dall'ultima bustina di figurine Panini che mi ha comprato... Così mi sono limitato a ringraziarlo.

«Grazie pa'. Ci penserò. Davvero».

Lui invece, quando mi ha lasciato giù a scuola, è sceso dalla macchina e mi ha stretto forte la mano. Come fra uomini. Per la prima volta.

«Prendetevi del tempo». Papà e Anna sono giunti alla stessa identica conclusione. Non può essere un caso. E poi Anna mi ha detto che il caso non esiste (questa devo ancora capirla bene).

"Non c'è fretta, non c'è fretta" mi sono ripetuto tutta la mattina.

Ho trovato anche il coraggio di scriverlo a Ross durante l'intervallo. Sono stato a lungo in dubbio se fosse il caso: un semplice sms da dodici centesimi avrebbe avuto il potere di tenere aperta la porta del rapporto con lei. Un sms che valeva quanto un jackpot.

"Grazie per la tua pazienza" mi ha risposto, non subito. Anche lei deve averci pensato molto.

Sarà di questo che si tratta? Pazienza?

Voglio sentire un po' di Black Eyed Peas prima di iniziare a studiare. Ma poco però, perché stasera giochiamo, e i compiti vanno finiti.

Sabato – sera

Grande momento! Praticamente ci siamo messi in tasca il campionato!

Mancherebbe ancora una partita, ma la vittoria di questa sera ha decretato il nostro successo. Siamo a quattro punti dai secondi, nessuno ormai ci può più raggiungere.

Non so se eravamo più contenti noi o il Mister. Ha voluto portarci nel pub di un suo amico e ha offerto l'aperitivo a tutti.

Io guardavo i miei compagni, ero felicissimo per loro, ma non riuscivo a festeggiare con la stessa partecipazione: qualcosa mi teneva lontano. Forse la nostalgia, al pensiero che mi sarebbero mancati l'anno prossimo o forse l'idea che non c'entrassi già più con loro.

Quest'ultima ipotesi non mi piace però. Mi sembra un po' da voltafaccia, per non dire di peggio.

Lunedì

Dall'ultima lite al Duomo io e Ross non ci siamo più visti, ma siamo rimasti in contatto; siamo stati entrambi troppo impegnati per incontrarci e forse troppo spaventati per volerlo. Anche il discorso di papà mi ha influenzato, non ho voluto pigiare sull'acceleratore e credo sia bene così.

Effettivamente il periodo stesso ci ha messo del suo: è stato talmente convulso e con dei ritmi così assurdi, che le giornate sono letteralmente volate via.

Come sempre l'ultima settimana di scuola è stata piena zeppa di verifiche e interrogazioni; ci tenevo particolarmente a finirla bene soprattutto in prospettiva dell'anno prossimo. Mi hanno stressato di brutto sul fatto che era fondamentale presentarmi con una buona media al college svizzero.

"Arrivare con una pagella perlomeno dignitosa sarebbe un'ottima presentazione e il modo migliore per partire senza problemi, almeno dal punto di vista scolastico" sono state le esatte parole del signore dello Zurigo, il secondo che è arrivato, quello più rigido e pomposo.

Effettivamente è andata benone, oltre ogni aspettativa: ho tirato su tutte le materie e ho portato a casa addirittura un nove in italiano. Quasi ci scappava un dieci, solo che l'ultimissima interrogazione su Foscolo non è stata proprio perfetta. Maledetto Jacopo Ortis, è finito come si meritava!

In questi giorni ho studiato un casino assieme a Cecio e Andrea. Praticamente abbiamo passato i pomeriggi in simbiosi, tra libri e qualche (sempre troppo rara!) partitona alla play. Certe notti Cecio si è anche fermato a dormire da me, così abbiamo fatto una secchiata dopo cena. Succo alla pera e snack non sono mai mancati sul nostro tavolo, li tenevamo persino sul comodino! Una specie di rito propiziatorio, anzi la perfetta pozione magica antisfiga da fine scuola.

Che mito, lavorare assieme ha reso persino bello questo periodo che per molti sembra una maledizione.

Mi sento sempre più legato ai miei amici e ogni tanto mi chiedo come farò l'anno prossimo senza. Solo a pensarci mi vengono i crampi alla pancia.

Anche Ross si è rinchiusa a studiare per tornare ai suoi soliti standard e so che ce l'ha fatta: ha chiuso alla grande.

È stato impossibile vederla di persona, però ci siamo mandati moltissimi messaggi. Siamo anche rimasti in contatto continuo tramite Facebook: il PC era acceso notte e giorno e io ero sempre loggato! Devo dire che un po' mi è mancata, ma la settimana è passata così in fretta che quasi non me ne sono accorto... Sarei curioso di sapere se è successo lo stesso anche a lei.

"Ci vediamo doma alle 9?"

le ho scritto poco fa sdraiato sul letto.

"Volentieri"

Non abbiamo neanche dovuto scriverci dove ci vedremo. È ovvio per tutti e due.

Martedì

Adesso che la scuola è finita nel parco ci sono meno bimbi. Anzi, quando siamo arrivati non c'era ancora nessuno, probabilmente a quell'ora sono ancora a letto a dormire.

Io e Ross ne abbiamo approfittato per salire sull'altalena; a me era venuta voglia anche la volta scorsa, ma c'era troppa gente e mi vergognavo a morte. Sono cose da bambini, che a una certa età non si possono più fare.

Si vede che è contenta, glielo si legge in faccia e in più me lo ha anche detto. Non solo per come è uscita dalla quarta (alla fine ha spuntato una media del N-O-V-E!).

«Quando sto con te mi sento felice. Ho pensato molto a quello che è successo fra noi e mi sono accorta di quanto sei diventato importante per me. Forse è solo questo che importa davvero e che dovrei guardare. Invece in questo periodo mi sto rendendo conto che mi faccio un sacco di menate per niente...»

Ecco, appunto.

«Hai deciso quando partire allora?» mi ha chiesto all'improvviso. Aveva preso velocità con l'altalena e per un attimo ho sperato di non aver sentito bene.

Mi è venuto un tuffo al cuore: non gliel'avevo mica detto che parto domani? O ha fatto apposta a dimenticarlo?

Il programma è stare per un mese a Zurigo per programmare le attività, poi a fine luglio andare direttamente in vacanza dai nonni e a metà agosto tornare definitivamente in Svizzera. Lì le scuole iniziano prima. Che paese: quando da noi si sta ancora sdraiati in spiaggia a prendere il sole loro si chiudono già nelle aule! Però a dicembre sarò di nuovo qui e ci rimango quasi un mese.

«Ah già, vero che parti subito. Praticamente ti rivedrò a Natale, se va bene» ha commentato continuando ad andare su e giù con l'altalena, ma con un ritmo ancora più veloce. Io invece mi ero fermato perché mi stava già venendo un po' di nausea.

«Be', abbiamo sempre il telefono, le e-mail e Facebook. Non dovrebbe essere difficile restare in contatto se lo vogliamo. E poi non sono mica dall'altra parte della terra, da qui a Zurigo ci sono solo poche ore di treno» ho ingenuamente aggiunto. Qualcosa dovevo pur dire e poi ne ero sinceramente convinto.

«Toto, sai che non si tratta di quello».

«Sì, lo so».

Se però mi avesse chiesto di cosa si trattava invece, io avrei fatto una fatica boia a rispondere.

Ecco, è come se in quel momento il cielo si fosse di colpo rannuvolato: Ross si è fermata strusciando rumorosamente i piedi per terra e in un attimo ha cambiato espressione. È incredibile come riesca a trasformarsi, le si spengono gli occhi e la sua faccia diventa come di cera, senza più vita. Una bambina smarrita che si è allontanata nel parco a giocare e non trova più nessuno con cui tornare a casa.

«Dai Ross, non fare così. Possiamo almeno provarci, fidati di me, questa volta» ho cercato di rassicurarla e l'ho abbracciata forte.

Lei ha fatto sì con la testa e mi ha sorriso, ricambiando la stretta, poi però non siamo più riusciti a dirci niente di importante. Abbiamo solo parlato a lungo degli inutili dettagli dei miei preparativi e dell'imminente viaggio.

Appena prima di andare via, Ross ha tirato fuori dallo zaino un pacchettino: una piantina piccolina protetta da un involucro di plastica trasparente. Ne avevo visto una versione gigante nel ristorante dei suoi, accanto alla cassa.

«È un *lucky bamboo*, secondo la nostra tradizione porta fortuna a chi lo riceve. Vorrei lo portassi con te, se ti va».

E lo ha accompagnato con uno di quei baci di cui solo lei è capace. Prima di correre via.

«Preferisco prendere la metro da sola, cerca di capirmi. Non preoccuparti per me. Abbi cura di te stesso».

Prima di lasciarmi al parco. Solo.

MARTEDÌ – H 14

"Anna, non potevo partire senza vederti prima!"
"Eh, ci mancherebbe! L'avessi fatto, ti sarei venuta a cercare in capo al mondo per fartela pagare"

Niente di meglio che due Big Mac Menu per salutarsi all'ora di pranzo. E per riprendere un discorso che per me si fa sempre più interessante. Contro ogni aspettativa.

«Quello che mi hai detto la scorsa volta mi è servito molto e desideravo ringraziarti di persona. Volevo farti sapere che è anche merito delle tue parole se adesso parto più convinto, senza rimpianti o dubbi».

«Ma davvero?»

Anna appariva sinceramente stupita.

«Ne ho parlato anche con mio padre. Sono arrivato alla conclusione che forse è davvero meglio andare fino in fondo a quello che desidero e che questo farà bene anche a Rossana. Non so ancora in che modo esattamente, ti confesso, ma mi fido di voi. Mi resta un dubbio, però, ed è un altro motivo per cui ti ho cercato: intendevi forse questo, quando mi hai raccomandato di essere leale con me stesso? È stata la prima volta che qualcuno mi ha detto una cosa del genere, mi ha scosso un po'».

Anna ha annuito con convinzione, prima di aggiungere: «Sei un grande Toto. Ero certa che Rossana avesse fiuto! Quasi quasi se non funziona con lei...».

Ecco un'altra donna che riesce a farmi arrossire, ho pensato.

«Ma va', che sto scherzando» ha aggiunto ridendo di me. «Anche perché mi sa che va a finire che lo scontro di civiltà lo vincerete proprio voi. Non sarebbe meraviglioso? Sareste come degli eroi moderni di cui bisognerebbe scrivere le gesta. Magari potrei fare io il vostro cantore... Per ora il mio tifo lo avete assicurato!»

Poi ha avuto un'altra delle sue imprevedibili uscite. Ma ormai ho capito che lei è così, una specie di vulcano incontrollabile.

«A proposito di tifo, per colpa tua da settembre dovrò seguire anche il campionato svizzero! Dici che lo danno su Sky?»

«Dai, non dirmi che ti piace anche il calcio».

Non ci potevo credere.

«Tu mi offendi, sono una fanatica! Oltre che il nostro campionato seguo tutta la Premier League e la Liga. Se non ti trasmetteranno su Sky vorrà dire che mi toccherà fare qualche viaggetto in Svizzera l'anno prossimo...»

«Non sai quanto sarei felice se venissi davvero...»

«Oh certo che lo so. Nessuno è felice da solo!»

Poi ha guardato l'orologio e ha fatto una faccia strana: «Acc... ho un incontro coi miei amici alle due e mezza e sono in ritardissimo. Devo assolutamente scappare!».

Per un attimo avrei voluto chiederle di andare anch'io con lei a quell'incontro di cui non sapevo niente; mi sarebbe piaciuto conoscere i suoi amici, però non ho osato e sono stato zitto. Magari quando torno mi butto.

«Sii felice Toto!»

«E tu prenditi cura di Ross! Con te vicino sono certo che ce la può fare... E quanto a te, spero proprio di rivederti».

«Oh stupido, non penserai che ti mollo qui!» mi ha sussurrato, gettandomi le braccia al collo.

Ti prego, no. Non farlo. Anche perché a questo punto sarei io a venirti a cercare in capo al mondo per fartela pagare!

Martedì – notte

È notte fonda e sono a pezzi, ma troppo eccitato per dormire. E domani mattina alle dieci parte il treno per Zurigo.

Oltre agli ultimi preparativi che mi hanno sfinito (mamma sclerava con la storia delle valigie!) sono pure reduce da una pizzata a sorpresa con la squadra e i miei amici. Nonostante tutte le cose cui badare, i miei genitori sono stati al gioco, complici perfetti. Tutto concordato: con la scusa di comperare le ultime magliette bianche che mi servivano, sono usciti con me verso sera; poi, invece di riaccompagnarmi a casa come mi aspettavo, mi hanno portato direttamente all'oratorio di Cecio. Lì i miei compagni avevano preso una sala tutta per noi e l'avevano addobbata con file di palloncini e un mega striscione colorato: "Non solo mucche, cioccolato e orologi: adesso la Svizzera ha anche il vero TOTO-CALCIO!".

Mi è quasi venuto un infarto a vederlo, proprio non me l'aspettavo. Anzi per essere sincero, mi sono commosso e non l'ho neanche nascosto, ma ci stava tutta.

Temevo tanto delle invidie (io forse sarei stato invidioso se un altro avesse avuto questa opportunità al posto mio) e invece i miei compagni si sono tutti stretti a me. È stato un momento grandioso, sono orgoglioso di avere degli amici così!

Alla fine li ho salutati uno per uno con un abbraccio fortissimo. Con Cecio praticamente hanno dovuto separarci a forza: «Devi farcela, campione» mi ha sussurrato in un orecchio.

«Piuttosto tu stammi vicino. Non sparire per favore, ho bisogno di te» gli ho risposto, ma la voce non veniva fuori bene.

Tornando a casa in macchina non sono riuscito ad aprire bocca, anche papà e mamma erano stranamente silenziosi e hanno ascoltato muti il giornale radio.

Adesso sono a letto, a scrivere con gli Offspring nelle orecchie; sono la colonna sonora giusta per una serata così speciale. Accanto a me c'è l'album di fotografie di quando ero alle elementari: l'ho sfogliato a lungo, volevo scegliere una foto da portare via con me. Una sola, la migliore, quella cui sono più affezionato. Ho preso quella scattata da mio papà il primo giorno del mio primo allenamento con la Polisportiva della scuola. Mi accorgo ora che lui è sempre stato con me, fin dall'inizio. Che impressione, dopo tanti anni!

Nella foto ci sono io in campo, alto come un criceto (che paura ho avuto per tanto tempo di non crescere abbastanza e restare un tappetto!) mentre facevo i primi palleggi. Dietro di me, di spalle, c'è un altro bambino, ma riconosco il cappellino oversize rosso e bianco di Cecio. Credo abbia il coraggio di metterselo ancora...

Anche lui mi è sempre stato accanto nei momenti più importanti; so già che mi mancherà un sacco a Zurigo. Mi mancherà il suo modo di ballare la tectonick, in mezzo alla strada e roteando le braccia intorno alla testa come un matto, mi mancheranno le sue battute che non farebbero affatto ridere se non fosse per il modo in cui le racconta e soprattutto mi mancherà il suo aiuto, sempre presente. Troppo bello se ci avessero scelto insieme!

Dopo mi sono stampato una foto di Rossana e l'ho messa dentro il mio libro preferito, che non posso assolutamente dimenticare qua: *Il mio nome è Asher Lev* di Potok, un grande!

Le ho fatto quella foto col cellulare un pomeriggio fuori dal Carducci, è venuta strabene perché è molto naturale. Ha la faccia tipica di quando esce da scuola e mi cerca, senza voler far vedere che lo sta facendo. Che peccato, però: dopo tanto tempo non abbiamo nemmeno una foto insieme! Anche questo vorrà pur dire qualcosa...

Sul comodino tengo la piantina di bambù; questa non la lascio qui. Mi sono tenuto apposta anche la plastichina dove metterla perché non si rovini nello zaino.

Forte Rossana, alla fine l'unico regalo che mi ha fatto è cinese, probabilmente il più tipico della loro tradizione. Un'altra delle sue mille contraddizioni.

Adesso dovrebbe essere davvero tutto pronto. Ho fatto una fatica boia a fare le valigie, me ne sarebbero servite almeno venti.

All'improvviso ho sentito il bisogno di portare via tutto con me: i miei fumetti, i libri, tutti i vestiti (praticamente avrei svuotato l'armadio), i vecchi quaderni, la maglia di Maldini autografata che tengo incorniciata alla parete, la *Gazza* di quando abbiamo vinto i mondiali, la collezione di minerali di quando ero piccolo e che nessuno osa toccare, il bongo che mi hanno regalato in seconda media quando mi era preso il trip dell'Africa, il troll d'argento seduto sul bordo della libreria, la mano di plastica insanguinata che Cecio ha lasciato qua come scherzo a Carnevale e che fa tanto schifo alla mamma. Ma capisco che non avrebbe senso. Non parto mica per sempre.

Soprattutto mi piacerebbe portare con me Rossana.

Chissà se riuscirà mai a venirmi a trovare, un giorno. Magari Anna riesce a convincerla e a fare il miracolo di portarla con sé quando verrà. Perché io sono sicuro che almeno lei verrà. Ha detto che non mi molla e io le credo.

Adesso spengo la luce, è tardissimo, ma non ho per

niente sonno. Però non ho neppure intenzione di passare questa notte completamente in piedi. Domani non voglio essere stordito, è un giorno troppo importante per viverlo da rincoglionito.

Provo a chiudere forte gli occhi.

Quando ero piccolo e non riuscivo a dormire, la mamma mi diceva sempre: «Pensa a qualcosa di bello e vedrai che ti addormenti».

Mi giro e l'ultima cosa che vedo è il *lucky bamboo*, sul comodino.

Postfazione
di Luigi Ballerini

Rossana e Toto esistono davvero. Io li ho incontrati, col loro vero nome e separatamente.

Stavo cercando una nuova storia da raccontare e avevo sparso un po' in giro la voce, consapevole che le storie non si inventano, si incontrano.

Casualmente, a pochi giorni di distanza, mi sono state segnalate due persone, una ragazza cinese che stava frequentando il liceo e un ragazzo italiano, giovane promessa del calcio, più grande di lei di un anno. Li ho voluti incontrare sul mio terrazzo di casa, in due diversi pomeriggi di tiepido sole, tra le camelie in fiore: entrambi avevano voglia di raccontarsi e io ho raccolto con piacere la loro storia ricca di dettagli e particolari. Così il racconto del loro mondo è finito sullo stesso blocco per appunti: prima quello del giovane uomo e poi quello di lei.

Quelle storie – un calciatore generoso e spontaneo, ricco di amici e desideri, alla vigilia della partenza per un ingaggio internazionale e una giovane cinese, molto riservata e acuta, alle prese con una difficile integrazione – non hanno più voluto mollarmi; entrambe possedevano una grande forza evocativa per me. All'apparenza così lontane, allo stesso tempo mi sembravano incredibilmente vicine! Il desiderio di pensarsi grandi, l'incertezza del futuro, la sfida delle ambizioni, l'idea di avere un compito, il retaggio del passato personale e delle proprie origini si intrecciavano nei miei appunti in modo straordinario, quasi spontaneo. Il resto è allora venuto da sé: Toto e Rossana hanno saputo rivivere la loro vita nelle pagine di questo libro, incrociandosi come non è mai accaduto nella realtà. Eppure di loro due – di quelli di carne, del cui volto conservo memoria – resta un'indelebile traccia nei personaggi della storia, il loro spirito resta inalterato, pur dentro quella finzione letteraria che ha permesso il loro incontro.

A loro dedico con affezione queste pagine, pieno di gratitudine per aver condiviso con me la loro storia individuale. A te, vera Rossana, e a te, vero Toto, auguro di trovare una buona bussola con cui orientare la vita e compiere le scelte che vi portano all'età pienamente adulta. Ciò che di voi mi avete permesso di sapere e conoscere mi fa ben sperare: per voi stessi, e in qualche modo per la società tutta. Così bisognosa dei vostri slanci, dei vostri desideri e delle vostre domande.

extra

Titoli di collana

Sofia Gallo
Diritto di volare

Giorgio Di Vita
Il bambino delle ombre

Valérie Zenatti
Una bottiglia nel mare di Gaza

Domenica Luciani
Io non brucio

Angela Nanetti
Mistral

Marie-Aude Murail
Oh, boy!

Marie-Aude Murail
Mio fratello Simple

Marie-Aude Murail
Cécile - Il futuro è per tutti

extra

Titoli di collana

Guido Sgardoli
Eligio S. - I giorni della ruota

Angela Nanetti
Morte a Garibaldi

Aidan Chambers
The Kissing Game - Piccole ribellioni quotidiane

Jordan Sonnenblick
L'arte di sparare balle

Marie-Aude Murail
Nodi al pettine

Lois Lowry
Conta le stelle

Madeleine L'Engle
Nelle pieghe del tempo

Luigi Ballerini
Non chiamarmi Cina